낭송

19세기 연행록

낭송Q시리즈 여행기편 **낭송 19세기 연행록**

발행일 2019년 2월 20일(己亥年 丙寅月 戊子日) | **풀어 읽은이** 김영죽 |
펴낸곳 북드라망 | **펴낸이** 김현경 | **주소** 서울시 종로구 사직로8길 24 1221호(내수동, 경희궁의아침 2단지)|
전화 02-739-9918 | **이메일** bookdramang@gmail.com

ISBN 979-11-86851-91-3 04810 979-11-86851-89-0(세트) | 이 도서의 국립중앙도서관 출판예정도서목록(CIP)은 서지정보유통지원시스템 홈페이지(http://seoji.nl.go.kr)와 국가자료공동목록시스템(http://www.nl.go.kr/kolisnet)에서 이용하실 수 있습니다.(CIP제어번호: CIP2019004206)

책으로 여는 지혜의 인드라망, 북드라망 **www.bookdramang.com**

낭송
Q
시리즈

여행기편
02

燕行錄

낭송
19세기 연행록

김영죽
풀어
읽음

▶낭송Q시리즈 여행기편 『낭송 19세기 연행록』 사용설명서◀

1. '낭송Q'시리즈의 '낭송Q'는 '낭송의 달인 호모 큐라스'의 약자입니다. '큐라스'(curas)는 '케어'(care)의 어원인 라틴어로 배려, 보살핌, 관리, 집필, 치유 등의 뜻이 있습니다. '호모 큐라스'는 고전평론가 고미숙이 만든 조어로, 자기배려를 하는 사람, 즉 자신의 욕망과 호흡의 불균형을 조절하는 능력을 지닌 사람을 뜻하며, 낭송의 달인이 호모 큐라스인 까닭은 고전을 낭송함으로써 내 몸과 우주가 감응하게 하는 것이야말로 최고의 양생법이자, 자기배려이기 때문입니다(낭송의 인문학적 배경에 대해 더 궁금하신 분들은 고미숙의 『낭송의 달인 호모 큐라스』를 참고해 주십시오).

2. 낭송Q시리즈는 '낭송'을 위한 책입니다. 따라서 이 책은 꼭 소리 내어 읽어 주시고, 나아가 짧은 구절이라도 암송해 보실 때 더욱 빛을 발합니다. 머리와 입이 하나가 되어 책이 없어도 내 몸 안에서 소리가 흘러나오는 것, 그것이 바로 낭송입니다. 이를 위해 낭송Q시리즈의 책들은 모두 수십 개의 짧은 장들로 이루어져 있습니다. 암송에 도전해 볼 수 있는 분량들로 나누어 각 고전의 맛을 머리로, 몸으로 느낄 수 있도록 각 책의 '풀어 읽은이'들이 고심했습니다.

3. 최고의 양생법이자 새로운 독서법으로서의 '낭송'을 처음 세상에 알린 **낭송Q시리즈의 시즌 1**은 **동청룡·남주작·서백호·북현무편**으로 이루어져 있으며, 사계절의 기운을 담고 있는 것을 특징으로 합니다. 동청룡편에는 봄의 창조적 기운, 남주작편에는 여름의 발산력과 화려함, 서백호편에는 가을의 결단력, 북현무편에는 지혜와 상상력을 키울 수 있는 고요함을 품은 고전들이 속해 있습니다. 각 편 서두에는 판소리계 소설을, 마무리에는 네 편으로 나눈 『동의보감』을 하나씩 넣었고, 그 사이에 유교와 불교의 경전, 동아시아 최고의 명문장들을 배열했습니다.

▷ 동청룡: 『낭송 춘향전』, 『낭송 논어/맹자』, 『낭송 아함경』, 『낭송 열자』, 『낭송 열하일기』, 『낭송 전습록』, 『낭송 동의보감 내경편』

▷ 남주작 : 『낭송 변강쇠가/적벽가』, 『낭송 금강경 외』, 『낭송 삼국지』, 『낭송 장자』, 『낭송 주자어류』, 『낭송 홍루몽』, 『낭송 동의보감 외형편』

▷ 서백호 : 『낭송 흥보전』, 『낭송 서유기』, 『낭송 선어록』, 『낭송 손자병법/오자병법』, 『낭송 이옥』, 『낭송 한비자』, 『낭송 동의보감 잡병편 (1)』

▷ 북현무 : 『낭송 토끼전/심청전』, 『낭송 도덕경/계사전』, 『낭송 대승기신론』, 『낭송 동의수세보원』, 『낭송 사기열전』, 『낭송 18세기 소품문』, 『낭송 동의보감 잡병편 (2)』

4. **낭송Q시리즈 시즌 2**는 고전과 몸 그리고 일상이 조화를 이루는 훈련으로서의 낭송에 초점을 맞추었습니다. **샛별편**에는 전통시대의 초학자들이 제일 먼저 배우며 가장 오래도록 몸과 마음에 새겨놓은 고전을 담았고, 원문으로 읽는 **디딤돌편**은 몸으로 원문의 리듬을 익혀 동양 고전과 자유자재로 접속할 수 있는 힘을 키울 수 있도록 했습니다. 또 **민담·설화편**은 입에서 입으로 전해지는 낭송의 진수를 보여 주는 우리나라 각 지역의 옛날이야기들을 모았으며, **조선왕조실록편**은 조선 태조로부터 철종에 이르기까지 25대 472년간의 역사를 연월일 순서에 따라 편년체로 기록한 조선왕조실록을 낭송에 맞게 새롭게 엮었습니다.

▷ 샛별편: 『낭송 천자문/추구』, 『낭송 명심보감』, 『낭송 격몽요결』, 『낭송 사자소학』

▷ 원문으로 읽는 디딤돌편: 『낭송 대학/중용』

▷ 민담·설화편: 『낭송 경기도의 옛이야기』, 『낭송 경상북도의 옛이야기』, 『낭송 경상남도의 옛이야기』, 『낭송 제주도의 옛이야기』, 『낭송 충청남도의 옛이야기』, 『낭송 충청북도의 옛이야기』

▷ 조선왕조실록편: 『낭송 태조실록』, 『낭송 태종실록』, 『낭송 세종실록』, 『낭송 성종실록』

5. 낭송Q시리즈 **여행기편**은 낭송Q시리즈 시즌 2의 연장으로, 근대 이전 여행이 한정되었던 시대에 남아 있는 여행의 기록들을 낭송에 적합하게 엮어서 고전으로서의 여행기를 맛볼 수 있게 하였습니다.

6. 낭송Q시리즈 여행기편인 이 책 『낭송 19세기 연행록』은 조선 후기인 19세기에 쓰여진 20편의 연행록(燕行錄)들 중 풀어 읽은이가 가려 뽑은 내용들을 현재의 독자들이 편하게 소리 내어 읽을 수 있도록 그 편제를 새롭게 하여 번역하고 엮은 것입니다.

차례

燕行錄

3부

북경의 이모저모 91

4부

연행의 팁, 정보의 힘 119

5부

불안한 시대, 무너지는 청나라 161

낭송
19세기
연행록

머리말

19세기, 조선 지식인의 북경 체험 속으로

조선 후기, 청나라 수도인 '연경'燕京: 북경을 다녀온 후 남긴 기록들을 우리는 '연행록'燕行錄이라 부른다. 연행록은 우리에게 익숙하다. 그러나 한편으로는 한없이 낯설다. 연암燕巖 박지원朴趾源(1737~1805)의 『열하일기』熱河日記(1780)가 가져간 유명세만큼이나 다른 연행록들은 제대로 빛을 잃었기 때문이다. 이른바 의문의 1패.

18세기의 연행록 못지않게 19세기 연행록 역시 작품의 수가 많다. 혹자는 이들이 너무 천편일률적이어서 옥석을 가려내야 한다고 말하기도 한다. 북경으로 들어가는 길은 늘 정해져 있었고, 사신단이 소화해 내는 일정 또한 크게 다르지 않았기 때문이다.

그렇다면 다시 의문이 든다. '옥석'의 기준은 무엇인가? 조선 후기의 학술과 문예를 이끈 지식인들의 연행만이 가치 있는 것은 아니다. 연행은 탁월한 재능의 백수들뿐만 아니라 '그저 그런 미생未生'들에게도 인생 최고의 경험이었다. 그리고 어쩌면 우리에게는 그들이 느끼던 낯설음과 놀라움이 더 익숙하게 와닿을지도 모른다.

17세기, 명나라에 사신을 갔던 '조천'朝天은 외교 실무에 치중해 다소 경직된 면이 있었다. 반면, 조선과 청나라의 관계가 유연해진 18, 19세기에 '연행'은 분위기가 확연히 달라진다. '연행'

은 이미 공적 루트를 통한 사적 여행의 하나로 여겨졌던 것이다.* 동아시아의 허브hub인 북경으로 들어가는 길. 그 길은 다양한 계층의 인물들이 참여하는 만큼 무수한 욕망이 교차하는 공간이기도 했다. 선비들은 청나라 지식인들과의 우정을 꿈꾸고, 역관이나 마두배는 험한 노정, 번잡한 행정을 감수하며 경제적 이익을 꿈꿨다. 어떤 목적으로 사행 길에 참여했던 간에, 큰 테두리 안에서 보면 이들 모두 '여행자'였다.

직접 발을 딛고 떠나는 유랑이든, 구석진 방에서 책으로 즐기는 와유臥遊든, 여행의 방법은 하나로 정해져 있지 않다. 예나 지금이나 여행은 사람을 설레게 한다. 그러나 일상의 익숙함을 뒤로 하고 훌쩍 떠나기란, 가고픈 열망의 깊이만큼이나 쉽지 않은 일인 것도 사실이다. 하물며 지금도 그러한데 조선 시대에는 어떠했겠는가? 상황이 이렇다 보니 그 많은 연행록의 출현도 충분히 이해가 간다. 기록하지 않고서는 못 배기는 그들의 심정을 말이다.

19세기의 연행록은 대략 150종에 달한다. 물론, 아직까지

* 조선 초기 명나라에 파견된 외교사절단은 '조천사'(朝天使)라 부르며, 이들이 남긴 기록을 '조천록'(朝天錄)이라 한다. 조천(朝天)은 '천자를 배알한다'는 종속적 의미가 있다. 이와 달리, '연행'(燕行)은 '연경(燕京=북경)으로 가는 길'이라는 뜻으로 수평적 관계를 내포한다.

발견되지 않은 작품들까지 합한다면 그 수는 더 늘어날 것이다. 이 연행록을 기록한 이들 대부분은 정식 외교관, 즉 정사·부사·서장관의 신분이 아니라 그들의 인맥으로 좇아 들어간 조선 미생이다. 어떤 이는 행보마다 인식의 지평을 넓히기도 하고, 어떤 이는 그저 즐기는 데서 그치고 만다. 천차만별이란 표현이 딱 들어맞는다. 어찌 보면 우열을 논해야 할 것 같은 강박이 생기고, 두서없고 복잡하다는 느낌도 받는다. 그러나 19세기 연행록의 묘미는 바로 여기에 있다. 아울러 18세기 연행사들이 번성한 청나라의 정점을 목격하고 왔다면, 19세기 연행사들은 청나라의 균열을 동시에 경험했다는 점 역시 '묘미'에 큰 역할을 한다.

청나라의 번화함으로 걸어 들어가, 아편전쟁 직후 황량해진 북경과 통주, 쓸쓸한 심양을 거쳐 한양으로 돌아오는 19세기 사신단의 행보. 그 과정에서 느꼈을 낯섦과 경이로움, 시절의 무상함까지 독자들에게 생생히 전달해 주고 싶다. 이것이 19세기 연행록을 소개하고자 한 필자의 소박한 바람이다.

『낭송 19세기 연행록』은 총 5부로 구성하였다.

1부와 2부는 조선 사내의 '좌충우돌 중국체험'이다. 왜 하필 '조선 사내'인까? 19세기는 연행의 횟수가 빈번해지고, 참여하는 계층의 폭이 확장되는 이른바 '연행의 시대'였다. 200~300명에 달하는 다양한 신분의 사람들이 연행사 수행원 자격으로 국경을 넘나들었다. 그러나 단 한 명의 여성도 동행할 수 없는 것 역시 바로 연행이다. 연행은 명실상부 남성의 전유물이었던 것이다. 이들은 한양을 출발하여 의주를 거치면서 각 고을마다 화려한 송별 잔치를 제공받았다. 일종의 관행이었다. 여러 연행록에서 기녀와의 로맨스나 혹은 그로 인해 빚어지는 숱한 구설수가 언급되는 이유도 모두 이러한 관행에 기인한다. 모든 연행록이 북학의 사유와 시대적 고민을 담고 있지는 않다.

특히 19세기로 접어들면, 연행의 의미는 그 무게 중심이 점차 북학에서 교유로 옮겨 가고, '개인적 체험' 위주로 기록하는 성향이 뚜렷해진다. 따라서 진지함의 무게를 한층 덜어 내는 글쓰기 경향을 보인다. 금서를 숨겨 오며 느끼는 스릴, 만리타국에서 고삐 풀린 말을 타다 혼쭐이 난 사연, 서양 여인을 처음 본 소회 등은 19세기 대다수의 연행록이 지닌 '조선 남성의 사적 기록'의 한 단면을 보여 준다. 18세기 연행록에서는 찾아보기 힘든 사진관이나 공중 목욕탕 체험기 또한 흥미로운 이야깃거리라 할 수 있다.

3부는 연행사燕行使의 시선에 포착된 북경 구석구석의 모습을 소개한 부분이다.

조선 사신 일행은 심양과 요동을 거쳐 통주로 진입하면서 본격적인 청나라의 번화함 속으로 들어간다. 외국 선박이 줄지어 서 있고, 불야성不夜城을 이루는 통주의 야시장에 입이 떡 벌어질 때면 어느새 북경이 지척이다. 오죽하면 모든 것이[都] 모여 있는[會] 곳을 도회지라 부를까. 사시사철 화려한 꽃을 볼 수 있는 온실형 화원은 매일이 봄날이다. 본 적도 들은 적도 없는 진귀한 새들, 겨울에도 먹을 수 있는 풍성한 과일, 이국적 먹거리들과 일상이 된 외식문화에 이목을 빼앗기기 일쑤다. 그러나 화려하고 아름다운 풍경만 존재하는 것은 아니었다. 화려한 연극무대 뒤로 배우들의 슬픔이 엿보이고 만주족에 비해 천대받는 한족들의 설움을 목도하기도 한다. 따라서 이 부에는 국제도시 북경의 명암明暗이 공존한다.

4부는 '연행의 팁tip, 정보의 힘'이다.

연행을 떠나는 사람들에게 필수적인 코스가 있다면, 이는 선배들이 남겨 놓은 연행록을 '정독'精讀하고 가는 일이었다. 철저한 준비—이것이야말로 '여행'으로서의 연행을 십분十分 즐기는 방법이었다. 선배들이 남긴 연행록에서 얻어 낸 정보에 나의 경험치를 더하여 다른 후배들에게 남겨 주는 일종의 미덕이 연행록 쓰기의 불문율이다. 때문에 그 내용도 상당히 구체적이며 세심하기까지 하다. 연행의 실세인 마두배들과 어떻게 하면 잘 지낼지, 심하게 요동치는 수레를 탈 때는 무엇을 주의해야 하는지, 바가지를 쓰지 않고 안경을 맞추려면 어느 안경점을 찾아가야 하며 무슨 술이 맛 좋은지까지, '알고 보면 쓸모 많은 연행 지침서'를 제시하는 것이다. 이렇게 탄생한 정보들이 모여 연행의 팁이 되고, 저마다 수정과 보완을 거듭하며 무성한 가지를 친다. 위키트리wikitree나 여행 블로그는 19세기 조선에도 있었던 셈이다.

5부는 1840년 아편전쟁과 북경사변1860년 영국 프랑스 연합군이 중국 북경을 점령한 사건 등을 거치면서 불안해진 청나라의 내부 사정에 관한 이야기이다. 근대로의 진입을 앞두었던 19세기. 청나라는 태평천국의 난을 비롯해 수많은 반란에 직면했고 제2차 아편전쟁으로 인해 대외 관계에도 큰 변화가 생겼다. 이는 결코 '남의 일'이 아니었다. 혹여나 조선에 끼칠 잠재적인 위협은 없을까 예리하게 관찰해야 하는 것은 이 시기 사신단의 임무이기도 했다. 청나라의 북경을 비롯한 대도시 곳곳에선 아편의 폐해가 고스란히 드러났다. 철종 시기 북경을 방문했던 조선의 선비들은 청나라 조정의 끊임없는 단속에도 불구하고 너나없이 아편에 취해 있는 사람들을 보며 무너지는 대국의 불안함을 감지한다. 특히 김직연金直淵의 『연사일록』燕槎日錄이나 신석우申錫愚의 『입연기』入燕記에는 이러한 정황이 잘 드러나 있다.

*　*　*

『낭송 19세기 연행록』을 옮기고 엮으면서 가장 어려웠던 점은 '쉽게 쓰기'였다. 5년 넘게 연행 자료를 읽었다는 사실을 비밀에 부치고 싶을 정도였으니 말이다. 무릎을 치게 만들고, 배꼽 쥐고 웃게 만드는 자료를 만날 때마다 혼자 즐기기에는 아깝다는 생각을 했더랬다. 그러나 '생각'뿐이었다. 명백한 필자의 한계다. 이 생각뿐인 '생각'에 밑그림을 그려 주신 우응순 선생님께 이 자리를 빌려 깊은 감사를 드린다. 고전을 쉽게 풀어 쓰는 방법, '낭송의 모범'을 온몸으로 보여 주신 고은주 선생님께도 감사의 인사를 전한다. 오랜 시간 함께 연행록을 읽어 온 김현미·김지현 선배님. 유난히 더웠던 지난 여름, 그들과 함께 낭송 연행록을 준비할 수 있었던 것만으로도 큰 행운이었다. 마지막으로 난삽한 원고를 꼼꼼하게 살펴 주신 북드라망 김현경 선생님께 감사를 표한다.

김영죽 씀

연행록을 읽기 전 알아 두면 좋은 정보

다음은 연행록을 읽는 데 미리 알아 두면 좋은 정보들을 풀어엮은이가 간추려 설명을 달아 놓은 것입니다. 아울러 '연행'(燕行)이란 '연경[北京]으로 가는 길'이라는 뜻으로, 조선에서 청나라로 가는 사행을 일컬어 연행이라 합니다. 이와 달리 조선 초기 명나라에 파견된 사행은 '조천사'(朝天使)라 하는데, 연행이 수평적 관계를 나타내는 말이라면, 조천은 '천자를 알현한다'는 종속적 의미가 있습니다.

1. 사행에 대하여

- **사행 기간** 임시사행과 정례사행 모두 평균 약 5개월의 기간이 걸린다. 왕복 1개월 반, 북경 체류 기간은 40~60일 정도이다.
- **사행 구성과 규모** 사행 목적에 따라 많은 차이가 있으나, 일반적으로 250인 내외이며 간혹 500인이 넘는 경우도 있다. 구성원으로는 삼사(三使), 역관(譯官), 의원(醫員), 사자관(寫字官: 문서를 정서하는 사람), 화원(畫員), 군관(軍官), 마두와 역졸 등이 있었다.
- **사행 예물** 대부분의 사행은 상호 주고 받는 예물이 있다. 예를 들어 동지사 때 조선에서는 황제와 황후에게 여러 빛깔의 모시, 명주·화석(花席) 및 백면지(白綿紙), 나전소함(螺鈿梳函) 등을 예물로 증여한다. 성절사인 경우 황제에게 수달피 20여 장을 특별히 올린다. 청나라는 답례 표시로 은(銀), 각종 비단, 말[馬], 초피(貂皮: 담비가죽) 등을 조선 사신들에게 주었다.
- **사행 종류**

- 임시사행 : 사행 중 시기가 특히 정해져 있지 않은 것. 조선의 중요한 일을 아뢰고 청하는 것이기 때문에 주청사(奏請使)라 칭한다.
- 정례사행(定例使行) :시기가 정해져 있는 정기 사행이다. 처음에는 엄격하게 시행되다가 1645년(인조 23)부터 양국의 편의를 보아 날짜에 구애받지 않고 파견하였다. 1723년(경종 3)에는 다시 강조되었다. 종류는 다음과 같다.
  ①동지사(冬至使): 대개 동지를 전후하여 파견하는 사행
  ②정조사(正朝使): 설날을 기점으로 파견하는 사행
  ③성절사(聖節使): 청(혹은 명) 황제 및 황후의 생일에 파견하는 사행

2. 사행단에 대하여

- **건량군관(乾糧軍官)** 중국으로 가는 사신들이 먹을 양식을 관리하고 조리를 담당하는 사람이다. 건량관(乾粮官)이라고도 한다.

- **군뢰(軍牢)** 조선 시대에, 군대에서 죄인을 다루는 일을 맡아 보던 병졸. 지금의 헌병에 해당한다. 연행사 일행에 포함되어 국경 근처부터 정사의 가마를 호위하거나, 책문 근처에서 상황을 알아보는 등의 임무를 맡았다.
- **난두(欄頭)** 연행사 일행의 물자를 도맡아 대던 중국 상인. 본래 수레를 빌려주거나 관리하는 사람들이었다. 책문을 출입할 때 의주·개성 상인들과 은이나 삼을 몰래 거래하기도 했다.
- **대통관(大通官)** 조선 후기 청나라 사행에 동행하였던 통역관의 통칭, 혹은 통역관의 우두머리를 지칭한다. 연행록에는 청나라 통역을 '통관'으로, 조선의 통역을 '역관'(譯官), '수역'(首譯), '원역'(員譯) 등으로 표기하는 경우가 종종 있다.
- **마두배** 역마(驛馬)에 관한 일을 맡아 보던 사행의 말단 수행원이다. 연행 노정에서 들르는 역참을 일일이 확인하고 정황을 보고한다. 삼사(三使) 옆에서 시종일관 잡일을 수행하는 하인들에 속한다. 마두배는 다음과 같이 분류한다.
  - 상판사마두(上判事馬頭): 노정 중에 만나는 청인과의 의사소통을 맡으며, 현지인과의 분쟁을 조율한다. 예부의 심부름을 하거나 배·수레와 같은 교통편의 조달을 담당한다.
  - 서자(書者): 산해관 도착 이후 옥하관으로 먼저 출발하여 숙소의 캉[炕]을 청소한다.
  - 좌견(左牽): 압록강을 건너는 전후에 말고삐를 끌고 인도한다. 역참에서 말의 사료를 공급하기도 하는데, 산해관 이후부터는 좌견이 서자의 역할을 대신한다.
  - 농마두(籠馬頭): 옷 짐, 역참의 침구 정리 등을 관리하며, 연행의 자잘한 기물들 또한 관리한다.
  - 교마두(轎馬頭): 쌍교(雙轎)를 점검하고 수리한다.
  - 건량마두(乾糧馬頭): 사행 중 식량을 현지에서 사서 조달한다.
- **반당(伴當)** 사신이 자비(自費)로 데리고 가던 동행인을 일컫는다. 주로 군관(軍官)의 직함으로 따라 나선 친인척이나 가까운 지인들이 여기에 포함된다.
- **삼사(三使)** 삼사란 정사, 부사, 서장관을 말한다. 각각 한 명씩 임명한다.
  - 정사와 부사: 반드시 귀한 집안의 저명한 사람으로 선별하여 의견을 책임지는 상징적 존재로 삼는다. 사행 의전(儀典)의 주축이 된다.
  - 서장관: 도덕규범을 감당할 만한 명망이 있는 사람으로 선택한다. 삼사 중에 업무량이 가장 많다. 일행을 감찰하고, 도강 전의 물품을 점검하며, 사행 기간 동안 견문한 일체를 문서로 작성해 보고하는데, 이를 별단(別單)이라 한다.
- **청나라 쪽 관리와 관청**
  - 서반(序班): 청나라 예부(禮部)의 제독회동사역관(提督會同四譯官)에 속한 종9품의 관원으로 황제의 칙명을 전하는 일을 맡는다. 특히 외국 사신들을 전문적으로 관리하는데, 사신들의 의례(儀禮)·사연(賜宴)·조공(朝貢)·출국(出國) 등을 주관한다.
  - 홍려시(鴻臚寺): 외국에 대한 사무나 조공을 담당하는 관청. 이곳에서 조공을 위한 의전을 연습한 후 거행한다.

1부

조선 사내 좌충우돌 중국체험 ① 인물편

1-1. 의주 기생 선홍의 사연

천금 같은 시 한 수가 하룻밤 기쁨보다 낫구나

지난 계해년1803, 순조 3 가을, 이번 사행의 상사上使: 정사 홍석주께서 사은사謝恩使: 중국의 황제에게 사은의 뜻을 전하기 위하여 보내던 사절 서장관으로 의주에 오셨었다. 그 당시 부윤은 서유구徐有榘 공이었다. 스무 살을 갓 넘은 기생 선홍善紅이 홍공洪公을 모시게 되었다. 서공은 홍공에게 그녀를 한 번 쳐다봐 줄 것을 여러 번 청했다. 그러나 공은 그때마다 웃기만 할 뿐 응하지 않았다.

어느 날 저녁, 홍공께서 잠자리에 들려 하는데 갑자기 창밖에서 인기척이 들려왔다. 이상히 여겨 누구냐 물어보니, 바로 선홍이었다.

공께서 말씀하셨다.

"밤이 깊었는데 어인 일로 왔느냐?"

선홍이 대답했다.

"'오늘밤 만약 서장관 나리를 모시고 잠자리를 하면 반드시 후한 상이 있을 것이요, 그렇지 못하면 마땅히 큰 벌을 내리리라'는 본부의 명을 받았습니다. 생각해 보니, 본부에 죄를 얻는 것보다는 차라리 나리께 제 속마음이나 호소하는 것이 낫겠다 싶었지요. 이에 부끄러움을 무릅쓰고 사실대로 아룁니다."

공께서 웃으시고는 시 한 수를 써주셨는데 다음과 같았다.

얇은 비단 적삼 탓하며 울고 있는 가을밤	羅衫恨薄泣秋天
밝은 달은 너무나 더뎌 차오르지 않는구나	明月遲遲未肯圓
화려한 종이 위 천금의 글자는 영원하리니	華牋不滅千金字
원앙금침 속 하룻밤 잠보다 훨씬 낫다네	全勝鴛衾一夜眠

그리고 마침내 선홍에게 말씀하셨다.

"이것이 믿을 만한 징표가 될 것이야. 상은 못 받는다 하더라도 벌은 면할 수 있길 바라네."

다음날 서공은 선홍을 불러서 지난 밤 일을 물으셨다. 선홍이 받은 시를 내놓자 공은 웃으며 말씀하셨다.

"그나마 낫구나."

그러고는 2천 전을 상으로 주셨다. 이 일이 거의 30년이 다 되어 가는데 지금까지도 미담으로 전해진다.

_ 한필교(韓弼教), 「유상수필」(遊賞隨筆), 『수사록』(隨槎錄), 1831년

만감이 교차하는 백발의 해후

이번 사행1831년에서 홍공께선 선홍이 살았는지 죽었는지 물으셨다. 아무도 아는 사람이 없었다. 오직 통인通引 : 관아에서 심부름하던 사람 하나가 이렇게 말했다.

"그녀는 무탈하고 현재는 남문 밖에서 살고 있습죠."

공께서 불러오라 명하셨다. 선홍이가 왔는데 머리털은 다 빠지고 꾀죄죄한 얼굴에, 해진 윗도리 짧은 치마 차림이 영락없는 시골 할매였다. 공께서 지난 일을 묻자 선홍은 울다가 또 웃다가 하며 말했다.

"맘 한가운데 간직하고 있지요. 어찌 감히 잊을 수가 있겠습니까? 온갖 풍파 겪으며 서울로 타지로 떠돌면서도 써 주신 시 한 폭은 늘 제 짐 안에 있었지요. 작년에 불이 나서 없어졌지만 아직도 외울 수 있답니다."

말을 마치고는 시를 외는데 틀리는 곳이 없었다. 공께서 미소 지으며 붓을 들어 예전에 주었던 시를 다시 써 주시고, 또 절구 3편을 쓰셨다.

천 리 길 그리워한 하늘의 저 달 千里相思月一天
느릿느릿 삼백 스무 번 차고 기울었다네. 遲遲三百卄回圓
지금은 귀밑머리 온통 희어졌으니 如今兩鬢渾成雪
푸른 등잔 아래 홀로 잠을 원망 마시게. 莫向青燈怨獨眠

가을 강에 일던 물결 이미 잔잔해졌지만 秋江波浪已全平
광풍 불어 물결이 다시 일까 항상 걱정이지. 常恐狂風吹又生
부끄럽기 짝이 없네, 사신으로 다녀온 지 30년 愧殺回車三十載
용만의 늙은 기생 아직도 내 이름 알고 있으니. 龍灣老妓尙知名

봄놀이 즐겼었던 한창때에도 春遊曾趁盛年時
꽃 보기만 좋아했지 꺾지는 않았더이다. 只愛看花不折枝
오늘 밤 심양강潯陽江 가의 달은 今夜潯陽江上月
누구 위해 서글피 홀로 더디 돌아가나. 爲誰怊悵獨歸遲

시를 다 쓰신 뒤 선홍에게 주셨다. 선홍은 시를 받아 품고서는 말했다.

"이 일은 우연이 아니니 죽는 날까지 간직하겠습니다."

그러자 좌중이 모두 비웃었다.

선홍은 나를 따로 찾아와서 지난 일들을 자세히 이야기해 주었다.

"당시에 비록 하룻밤의 기쁨은 없었지만, 이 늙은 것이 그날 밤 홀로 천금 같은 귀한 시를 받았습니다. 영광이었지요. 그 시 전지詩箋紙 : 한시나 편지 등을 쓰는 종이에 기름을 먹여 간직하고 마음에 새기면서 외웠답니다. 다른 기생들은 모두 몰래 비웃었지요. 그래도 후회하지 않았던 이유는 훗날을 기다렸기 때문입니다. 뒤늦게 상인의 아내가 되어 이리저리 떠돌 때면, 하늘의 도움에 기댈 밖에 도리가 없었습니다. 다행히도 지금 여기서 다시 만나 뵈었으니, 숙원을 달랠 만합니다. 그러나 어르신께서는 이미 나이가 많이 드셨고 이 몸 또한 늙고 추해졌습니다. 세상일은 일장춘몽 같고, 시간은 유수 같음을 이제야 깨닫습니다."

말을 마치고 눈물을 흘리며 흐느끼는데, 그제서야 듣던 이들이 모두 감동하였다. 나는 마침내 공의 시에 조심스레 화운하여 시 하나를 지었다.

춘몽 같은 생의 풍파 한스러워 편찮은데　夢裏風波恨不平
갈수록 희어지는 귀밑머리 시름 불러일으키네.　重來鬢雪喚愁生
옆 사람들 비웃지 마오 새로운 시 자랑함을　傍人休笑誇新幅
비단에 수놓은 글자 훗날 이름 전할 테니.　錦字應傳後日名

선홍은 상방上房 : 정사가 묵는 곳에 머물렀다. 그녀는 여러 기생들과 함께 정성스레 홍공의 시중을 들다가 압록강을 건널 때에서야 떠났다. 공께서는 돈이며 쌀, 음식 등을 주셨다.

_ 한필교, 「유상수필」, 『수사록』, 1831년

1-2. 평양 기생, 품평의 대상이 되다

마을의 관아에 도착했다. 향청鄕廳으로 들어가니 기생 두 명이 와서 기다리고 있었다. 그런데 생김새는 촌스럽고 의복도 평범했다. 관아의 기생으로는 보이지 않았다. 원래 오기로 했던 어린 기생들이 모두 홍역에 걸린 것이다. 듣자 하니, 사신 행차가 왔을 때 방기房妓 : 관아에서 접대를 담당한 기생가 없어서는 안 되기 때문에 대신 여종을 새로 뽑아 보냈다고 한다.

_ 이영득(李永得), 『연행잡록』(燕行雜錄), 1822년 10월 26일

이곳 관기인 강선絳仙과 옥련玉蓮, 그리고 어린 기생 경패瓊貝가 왔다. 경패는 열두 살인데 노래를 잘하고 검무를 잘 췄다. 뛰어난 재주를 지녔다고 할 만했다. 경패에게 노래를 시켜 보니 소리가 맑게 울리며 여운이 맴돌았다. 모습 또한 단아하고 아름다워 칭찬이 자자했다.

그곳의 기생 황강옥黃岡玉 또한 노래와 춤에 능했는데, 몸이 매우 크고 뚱뚱해서 모두들 미륵보살이라 불렀다. 그러나 재주와 얼굴 생김새는 출중해 평양에서 이름이 났다. 아마도 기생들 가운데 가장 뛰어난 자이지 싶다.

_ 이영득, 『연행잡록』, 1822년 10월 27일

숙천肅川 : 의주 부근에 도착하여 서장관이 장관청將官廳 : 군관들의 집무소에 들어갔다. 매향梅香과 매심梅心 두 기생이 와 있었다. 본부에는 설란雪蘭이라는 기생도 있는데 시를 매우 잘 지어서 평양에서 이름을 날렸다. 그런데 이번에 정사의 방기로 뽑혀 온 것이다. 서장관이 설란을 데리고 오셨다. 보아하니 자태며 생김새가 평양 기생의 중품中品 정도에 지나지 않았다. 하지만 성품은 사랑스러웠다.

설란에게 물어보았다.

"네가 시를 잘한다고 들었는데 믿을 만한지 모르겠다."

설란이 대답했다.

"일개 여자가 어찌 문자를 알겠습니까?"

시험 삼아 운자韻字를 내주니 그 자리에서 절구 한 수를 바로 지어 냈다.

어찌 된 영문인지 물으니, 예전에 모시고 잤던 이들이 모두 높은 관리들이었고, 그 가운데는 재상에 오른 이들도 있었다고 한다.

_ 이영득, 『연행잡록』, 1822년 11월 4일

1-3. 미인을 탐하던 어느 역관

고가촌孤家村에 도착했다. 마을 여인 세 명이 나오더니 우리 일행을 쳐다보았다. 그 가운데 한 여인은 모습이 아주 아름다웠다. 역관 임후林煦가 말했다.

"내 이런 여인을 얻는다면 말이오, 비록 변발에 오랑캐 복장을 하더라도 여한이 없겠소."

_ 이영득, 『연행잡록』, 1822년 12월 9일

이곳 관내 남녀의 인물은 준수하고 아름다워서 산해관 밖과는 달랐다.

한 여인이 수레를 타고 지나갔다. 나이는 열여섯 정도에 뛰어난 미모였다. 일행 중에 이 여인을 본 자들은 모두 압록강을 건넌 이래 처음 보는 절색이라 여긴 모양이다. 역관 임씨는 너욱 감격하여 '아름답다!'라는 말을 끊임없이 해댔다. 여인들은 집집마다 문 앞에 모여 나와 조선 사신 일행을 구경했다. 사이사이 모습이 아름다운 이들이 많았다. 예전에 '산해관의 물색物色이 좋아 북경과 다를 바 없다'고 들은 적이 있는데, 참으로 그러하구나.

_ 이영득 『연행잡록』, 1822년 12월 16일

역관 임후는 향화암香火庵 안에 미녀라도 있을까 하여 비구니를 곧장 쫓아 들어가며 밀쳤다. 그 비구니는 엎어지자 분에 겨워 계속 욕을 해댔다.

정작 그곳에 도착해 보니 캉[炕] 안에는 아무도 없었다. 그러나 그 안에 진열된 물건들은 매우 화려했다. 의자며 탁자, 등롱燈籠 : 등을 넣어 밝히는 바구니, 문구류 등 모두 진기한 물품들이었다. 벽면에는 학을 수놓은 족자가 걸려 있었는데 상당히 뛰어난 솜씨였다. 또 많은 서화들로 벽면을 빙 둘러 놓았다. 캉 위에는 넓은 소매의 금실로 짠 옷이 걸려 있었다. 누군가 방금 벗어 놓고 간 듯했다. 역관 임씨는 이처럼 좋은 거처에 옷 또한 이렇게 화려하니 이곳에 사는 사람 또한 반드시 미인일 것이라 생각했다. 그러나 결국 만나지 못한 것을 몹시 한탄했다.

마두馬頭 최운태가 말했다.

"이 암자에 절색이던 비구니 하나가 있었더랬지요. 건륭 황제가 이곳을 지나다가 그녀를 보고는 반해서 궁으로 들였다고 합니다."

_ 이영득, 『연행잡록』, 1822년 12월 23일

1-4. 코가 큰 러시아인, 대비달자

반갑지 않은 손님

정오에 악라사鄂羅斯 : 러시아 사람 두 명이 사신들이 묵는 숙소 안으로 갑자기 들어왔다. 모두 눈이 움푹 들어가고 코가 높이 솟아 사나워 보였다. 구경한다는 핑계로 캉을 여기저기 돌아다니는데 문지기조차 막을 수가 없었다.

코가 큰 오랑캐라는 뜻의 '대비달자'大鼻㺚子는 서양 오랑캐 중 가장 강성한 종족이다. 그들이 묵는 숙소는 동화문東華門 밖 북지가北池街 서편에 있다. 5년마다 30명이 번갈아 와서 머물렀지만 함부로 숙소 밖을 나다니지 못했다. 그러나 요즘 들어 갑자기 흑룡강 부근 땅이 본래 악라사 지역에 속했다고 하면서 대놓고 분란을 일으킨다.

작년 가을, 악라사 사람 70여 명이 느닷없이 숙소가 비좁다고 하면서 수십 개의 기둥을 넓게 세우더니 거리를 마음대로 활보하며 거리낌 없이 행동했다. 부녀자와 마주치면 사람들 앞에서 희롱하기까지 했다. 그러나 누구 하나 그들을 말리지 못했다. 심지어 황제가 타고 다니는 가마[黃屋小轎]를 흉내 내 만들었는데, 일친왕一親王 : 황제의 첫째아들이 부숴 버렸다.

오늘 그들이 조선관에 들어오자 문지기가 부드러운 말씨로 나가 달라 부탁했다. 그런데도 되레 화를 내며 구타하더니 내일 더 많은 사람들과 올 것이라 했다. 그들이 북경 성 안에 머물면서 청나라 약점을 파악한 까닭에 이렇게 업신여기는 것이다. 조정 또한 두려워하며 이들을 제압하지 못한다. 때문에 알 만한 사람이라면 모두 근심한다고 한다.

_ 김직연(金直淵), 『연사일록』(燕槎日錄), 1859년 1월 2일

러시아 노인과의 대화

아라사관俄囉斯館 : 러시아인 관소* 안채에 노인이 한 명 앉아 있었다. 성은 파把이며 나이는 63세로 검은 모자에 검은 옷을 걸치고 있

* 연행록마다 러시아를 표기하는 한자가 다르다. '악라사'(鄂羅斯) 혹은 '아라사'(俄囉斯)로 되어 있는데, 여기서는 해당 원본에 따라 표기한다

었다. 수염과 눈썹은 하얗게 세어 헌걸차고 덕스러운 모습이다. 이 외에도 극克씨와 낙樂씨 두 사람이 있었는데 둘 다 나이가 30 남짓이었다. 낙씨의 이름은 살합이薩合爾라고 한다.

이들의 외모는 중국 사람들과 달랐다. 하얀 피부에 눈이 깊숙하고 코는 높았다. 파씨 노인은 젊은이를 시켜 유리잔에 자줏빛 술을 담아 왔다. 그러고는 우리에게 마시기를 권했다. 손님 대접하는 예를 아는 사람들이다. 책상 위에는 책이 놓여 있는데 펼쳐 보니 서양의 문자로 기록되어 있었다.

노인과 함께 필담을 나누었다. 그에게 국토와 산천, 풍토, 물산, 성곽, 궁실, 군신, 관제官制 등을 물어보았다. 극씨가 종이와 붓을 가져오더니 간신히 한자로 써서 대답했다.

"우리나라는 '나서아'囉西亞: 발음이 '러시아'에 더 가깝다라고 불러야 하는데 청나라에서 '아라사'라 부르니 이는 우리나라를 제대로 부르는 것이 아닙니다. 서쪽 대해 입구인 파륵제사활야해把勒提斯闊野海: 블라디보스토크 근처 추정로부터 동쪽 대해까지 5만 리가 넘고 북해에서 우리나라 남쪽 국경까지 1만 리가 넘습니다. 우리나라 국경에서 그대의 나라 조선까지는 그리 멀지 않지요. 2, 3천 리 떨어져 있을 뿐입니다. 조선에서 바닷길로 나서면 우리나라에 도착할 수 있습니다.

토산품은 청나라와 별 차이 없지만 찻잎과 인삼은 생산되지 않습니다. 우리나라는 매우 관대해 성곽을 쌓아 방비하지 않습니다. 천하의 인심을 얻는 것으로 대신합니다. 이것이 청나라와 다른 점입니다. 우리 대황제大皇帝의 성은 로마노프[囉瑪諾福]로 황제의 지위를 물려받은 지 2년이 되었습니다."

나홍석모는 그와 나눈 대화를 기록해 세상에 널리 알리고 싶다.

_ 홍석모(洪錫謨), 「아라사관」(俄羅斯館), 『유연고』(遊燕稿), 1826년

1-5. 처음 만난 서양 여인

북경의 화신묘花神廟: 꽃의 신을 모시는 사당에 갔다. 뜰 앞에 많은 이들이 둘러서서 머리를 들이밀고 구경하고 있었다. 서양 남자 5, 6명이 서양 여인을 견여肩輿:어깨에 메는 가마에 태워 오고 있었던 것이다. 가마는 네 명이 한꺼번에 탈 수 있는 크기였다. 수놓은 비단으로 겉을 감싸고 4면의 창문엔 모두 유리를 끼워 넣었다. 구경꾼들은 겁을 내며 바짝 다가서지 못했다.

나이항억는 둘러선 사람들 틈새로 서양 여인을 엿보았다. 얇은 비단으로 머리를 싸서 드리운 모습이 우리나라 궁녀들의 너울 같았다. 콧등은 날카롭고 얼굴은 희었으며 말소리는 거칠었다. 고운 자태라고는 하나도 없었다. 회색 옷을 걸쳤는데 그 모습을 표현할 적당한 말이 떠오르지 않는다. 마치 우리나라의 장사치 여인이 사내의 속옷을 입고 그 위에 짧은 삼베치마를 두른 것 같다고 할까. 볼품이 없었다.

다만 서양 여인은 처음이라 오랫동안 서서 지켜보았다. 잠시 후 여인들이 걸어 나와 채색된 가마에 올라탔다. 그러자 네 명의 서양 남자가 가마를 어깨에 메고 떠났다.

서양 풍속에는 여인 하나가 지아비 5, 6명을 가져도 이상하게 여기지 않는다. 반면에 사내는 한 명의 여인도 얻지 못하는 경우가 있으며 다른 사내의 여인과 간음하면 교수형에 처해진다고 한다.

_ 이항억(李恒億), 『연행일기』(燕行日記), 1863년 1월 12일

1-6. 옛사람과의 랑데부

한유와 문필봉

저녁에 무령현撫寧縣에 도착해 성 밖에 묵었다. 관문을 들어온 뒤로 종종 그림 같은 산천과 수목을 마주한다. 무령현에 도착하니 주위를 둘러싼 봉우리가 빼어나고 아름다웠다. 서남쪽에 특이하게 솟은 봉우리 한 쌍이 있는데 이것이 바로 문필봉文筆峰이다.

창려현昌黎縣은 이곳에서 20리 떨어져 있다. 그 아래에 당나라 문인 한유韓愈의 사당이 있다고 한다. 내 평생 사모한 끝에 이제야 요행히 그분의 고향 땅을 직접 밟게 되었다. 하지만 신위를 모신 곳에서 참배도 못하고, 그분이 나고 자란 마을을 둘러보지도 못했다. 실로 한스럽기 짝이 없다.

창려현은 지금도 과거 급제자와 문인들, 벼슬한 사람의 집이 많다고 한다. 산천이 우수한 인물을 길러 낸다는 사실은 이를 통해 확인할 수 있다.

_ 임백연(任百淵), 『경오유연일록』(鏡浯遊燕日錄), 1836년 12월 12일

이제묘에서 만난 백이 숙제

부사와 함께 이제묘夷齊廟를 보기로 약속했다. 난하灤河를 건너 서북쪽으로 30리를 가서 청성사淸聖祠에 도착했다. 사당은 강가에 있었다. 두 줄기로 흐르던 강물은 이곳에서 합해져 사당 주변을 감돌아 흐른다. 강물 속에 기이한 바위 하나가 우뚝 솟아 있고 강변의 모래밭은 명주를 누빈 듯 하얀빛이다.

책문에서 이곳까지 1천여 리를 하루도 쉬지 않고 달려왔다. 바람 먼지 가득한 벌판을 지나 이곳에 이르니 마음은 상쾌하고 시야는 밝게 트였다. 너무 기쁜 나머지 떠나기가 아쉬웠다. 맑은 성인의 사당이라 그런 것일까? 평범한 곳과는 분명 달랐다.

강가에 작은 성곽 문이 있었는데, '고죽성'孤竹城이라 쓰여 있었다. 또 그 옆에 '현자들이 살던 옛 마을'[賢人舊里]이라 쓰여 있었다.

사당 안 정전正殿에는 백이伯夷와 숙제叔齊의 소상塑像 : 흙으로 빚은 인물 형상을 안치해 놓았는데 곤룡포에 면류관을 쓰고 홀을 쥐고 서 있는 모습이다. 백이와 숙제는 생김새도 비슷하고 키 또한

나란해서 누가 누군지 분별할 길이 없었다. 그 앞에 향로가 놓여 있었다. 향로 표면에 전서체篆書體로 "기장 쌀이 향기로운 게 아니요, 밝은 덕만이 향기로운 것이라네"라고 새겨 놓았다.

나김직연는 앞으로 나아가 향을 사르고 두 손을 가지런히 모아 두 번 절한 뒤 물러 나왔다. 맹자의 말씀이 떠올랐다.

"두 공은 고을 사람과 거처할 때에 그 관이 바르지 않으면 뒤도 돌아보지 않고 떠났다."『맹자』(孟子) 「만장」(萬章) 편

지금 내가 쓴 관冠이 은나라 때의 것은 아니지만, 이 또한 장보관章甫冠: 선비들이 쓰는 관이고, 또 은나라 태사가 봉해 받은 나라의 사람이다. 내가 이러한 관을 쓰고 맑은 두 성인들께 절을 올리게 되었으니 부끄러움은 면했다는 생각이 들었다.

_ 김직연, 『연사일록』, 1858년 12월 20일

맹강녀와 망부석

팔리보八里堡의 들 가운데에 조그만 언덕 하나가 우뚝 솟아 있다. 흙과 돌이 절반씩, 돌 빛깔은 푸르고 윤이 난다. 언덕 위에는 사당이 있었다. 이곳을 정녀사貞女祠라 부른다. 정문은 항상 닫아 놓고 함부로 들어가지 못하게 했다. 문 밖에는 벽돌을 쌓아 길을 만들고 돌로 난간을 둘렀는데, 조각이 매우 정교했다. 서쪽 문도

마찬가지였다.

길 북쪽에 빗돌이 두 개 있었다. 하나는 '지차석'止此石 석 자를 써 놓았고 또 하나는 글자가 모두 닳아 알아볼 수 없었다.

문 안에는 비석이 셋 있었는데 두 개는 만력제 때 세운 것이요, 하나는 강희제 때 세운 것이다. 그 중 장동張棟이란 이가 쓴 비문에 다음과 같은 내용이 있다.

"세상에 전하기를, 정녀貞女의 성은 허씨許氏요 이름은 맹강孟姜이라 한다. 섬서성 동관同官 사람으로 범칠랑范七郎에게 시집갔다. 진나라 장수 몽염蒙恬이 만리장성萬里長城을 쌓을 때 범칠랑이 부역에 나갔다가 육라산六螺山 아래에서 죽었다. 허맹강은 꿈에 남편이 나타나자, 손수 옷을 지어 천 리 길을 멀다 않고 그를 찾아 나섰다. 이곳을 지나다가 쉬면서 장성을 바라보며 울었는데 그 자리에서 돌로 변했다고 한다.

훗날, 사람들은 그녀를 위해 사당을 지었다. 사당 안에는 두 동자가 한 여인을 모시고 서 있는 소상塑像을 만들어 놓았다. 왼쪽의 동자는 우산을, 오른쪽의 동자는 보따리를 들고 있었다. 두 동자는 바로 맹강의 아들이고, 우산은 여행 채비를 본뜬 것이다. 보따리는 그 남편에게 입힌 옷을 상징한 것으로 정녀가 가지고 온 것이다.(……)"

비문에 적힌 대로 사당 안에는 순박한 촌색시 차림의 여인이 있었다. 표정에는 근심하는 기색이 역력했다.

사당 전각 뒤편에 바닥이 오목한 곳 몇 군데가 있었다. 전하는 말로는 맹강녀가 남편이 오지 않을까 바라보며 오르락내리락하던 발자국이라고 한다.

어떤 이는 이렇게 말한다.

"허맹강은 그 남편이 죽었다는 말을 듣고 혼자 가서, 유골을 수습해 짊어지고 바다에 들어갔다. 그후 며칠 만에 바닷속에서 바위 하나가 솟아올랐는데, 조수가 밀려와도 파묻히지 않았으니, 이것이 이른바 망부석望夫石이다."

_ 김경선(金景善), 『연원직지』(燕轅直指), 1832년 12월 12일

비장군 이광이 쏘아 맞힌 호랑이 바위

난하灤河에서 길을 떠나 청룡하靑龍河에 도착했다. 다리를 따라가다가 또 서쪽으로 5리쯤 갔는데, 이광李廣이 취중에 활을 쏘아 맞혔다던 '사호석'射虎石을 보기 위해서였다.

물길을 따라 내려가자 비석 하나가 마을 어귀에 서 있었다. 청나라 사람 채양민 공蔡襄敏公의 신도비였다. 골짜기로 조금 더 들어가니 빙 두른 산언덕 아래에 비석 하나가 또 있었다. 비석에

는 이렇게 쓰여 있었다. '한나라의 날랜 장군이 범을 쏜 곳'漢飛將軍射虎處. 이 비석은 1682년에 강희제가 유원綏遠 장군將軍 채육영蔡毓榮을 시켜 다시 세운 것이라 한다.

말에서 내려 고개를 들고 둘러보았다. 산허리에 흰 호랑이 한 마리가 머리를 돌리고 땅에 배를 대고 웅크려 있었다. 눈에 화살을 맞은 채 아래를 내려다보고 있는 모습이었다. 몸의 절반은 풀더미와 흙 사이에 감추어져 있다. 순간 두려움이 엄습했다. 눈을 똑바로 뜨고 다시 보니 그것은 돌이었다. 이광 장군이 취중에 호랑이로 착각하여 쏘았다던 바로 그 바위였다. 정말 호랑이와 비슷해 보였다.

천 년 전의 일을 상상해 보았다. 이장군이 술에 취해 사냥할 때 달빛은 황량하고 숲길은 희미했으리라. 건너편에 도사린 한 마리의 짐승. 사람을 향해 으르렁댈 것 같았으니 장군이 이 돌을 호랑이로 여겼던 건 당연하다. 저 호랑이를 대적하는데 용맹한 이장군이 어찌 화살을 뽑아 한 번 쏘지 않을 수 있었으랴.

나는 산으로 올라가 돌에 화살촉 박혔던 곳을 찾아보았다. 푸른 이끼가 덮이고 마른 풀이 바위 전체를 감고 있어 자세히 보이지는 않았다. 그러나 영락없는 호랑이의 형상이었다. 예로부터 '음산에서 호랑이를 쏜다'陰山射虎라 했다. 여기가 바로 그 음산이 아닐까? 혹은 호랑이 쏜 곳이라 하여 '호두참'虎頭站이라고도 한다.

_ 이해응(李海應), 『계산기정』(薊山起程), 1804년 2월 4일

문천상의 사당

문천상文天祥: 13세기 중국 남송의 정치가. 원나라에 저항하다 체포되어 전향을 권유받았지만 거절하고 죽음을 택했다의 사당은 북경의 내성 동북쪽 육현방의 호동衚衕에 있다. 이곳은 바로 원나라의 처형장인 시시柴市이기도 하다. 문천상은 여기에서 죽었다.

명나라 초기에 유숭劉崧이 문천상의 사당을 세운 이후 봄가을로 제사를 지내왔다. 문천상의 의관을 모신 사당은 세 칸인데 문에 '호연지기'浩然之氣라 쓰여 있었다. 사당 안에는 문천상의 소상이 있었다. 진현관進賢冠: 고대 관료들의 모자을 쓰고 붉은 옷에 푸른색 홀을 들고 안석에 앉아 있는 모습이었다.

사당은 한때 황폐하고 무너졌었는데 문천상의 고향 사람들이 재물을 모아 수리했다. 그러나 그 일도 너무 오래되어 여전히 무너진 곳이 많다. 신좌神坐에는 먼지가 쌓였고, 향을 태우는 탁자에는 이끼가 덮였으니 참으로 마음이 아프다.

몇몇 파리한 중들이 사당을 지키면서 향을 태우고 시줏돈을 거둬들이고 있었다. 문천상이 쓴 일기와 책들, 판각들은 이곳에

하나도 없다고 한다. 한스러울 뿐이다.

숭정 17년1644년으로 청나라 군대에 의해 명나라가 멸망한 해에 좌도어사 이방화가 이 사당에서 목매어 죽었다고 하니, 그가 문천상의 가르침을 들었기 때문일까? 매우 기이하고 엄숙하여 여기에 함께 기록한다.

_ 홍석모(洪錫謨), 「문승상사」(文丞相祠), 『유연고』(遊燕稿), 1826년

1-7. 얘야, 아저씨 따라서 조선으로 갈까?

요양遼陽의 길가에서 시골집 문 앞에 서 있는 한 아이를 보았다. 새빨간 명주실로 뜬 여름 모자를 쓰고, 석류 무늬의 두루마기를 입고서 발에는 까만 신[烏靴]을 신고 있었다. 얼굴은 눈보다 희고 눈썹과 눈은 그린 듯 했다. 그런데 입에 짧은 담뱃대를 물고 문지방에 걸터앉아 있는 것이 아닌가. 나한필교는 귀여운 마음에 사유士裕와 함께 불쑥 들어가서 큰소리로 말했다.

"어린 놈이 감히 문지방에 걸터앉아 담뱃대를 물고 있구나. 너는 예의도 모르느냐."

아이는 당황하거나 놀라는 기색도 없이 태연하게 말했다.

"가오리다!!加五里 : '고려'의 중국어 발음"

그러고는 천천히 일어나 손을 내밀었다.

"담배 주세요."

내민 아이의 손이 희고 여려서 마치 파뿌리와 죽순 같았다.

내가 주머니를 풀어 담배를 주었더니, 아이가 받고서 합장하며 말했다.

"감사합니다."

그 모습이 몹시 귀여웠다. 머리를 쓰다듬으며 손을 잡고 물었다.

"너는 나이가 얼마냐?"

"여섯 살."

"글은 읽을 줄 아느냐?"

"이제 막 『효경』孝經을 읽었어요."

"애야, 우리를 따라 조선으로 가보지 않겠느냐?"

그러자 아이는 고개를 저으며 달아나려 하였다. 이때 한 노인이 안에서 나와 웃으며 말했다.

"어린아이라 아무것도 몰라서 버릇없이 굴었습니다. 귀하께서는 용서하십시오."

아이가 노인을 보더니, 그제야 재롱을 부리고 어리광을 피우며 웅얼거린다.

노인은 얼굴 가득 인자한 표정으로 말했다.

"여기 조선에서 온 어른들께서 네가 귀여워 놀린 것이니 무서워하지 말거라."

노인은 아이를 달랜 후 내게 말했다.

"이 아이는 제 손자인데, 어리광이 심해 천지분간을 못합니다. 지나치게 응석받이로 키워 그저 부끄러울 따름입니다."

내가 노인의 성씨와 나이를 물어보았다.

"장씨張氏입니다. 나이는 일흔둘이지요."

"귀댁의 손자가 하는 짓이 너무 귀여워서 장난 삼아 한번 말해 본 것이니 너무 괘념치 마십시오."

말을 마치고 청심환 한 알을 아이에게 주었다. 아이는 받아서 할아버지께 드리고는, 내게 머리를 조아리며 감사 인사를 하였다. 그 웃는 모습이 하도 앙증맞아 차마 놓지 못하다가 한참 뒤에야 작별인사를 하고 길을 나섰다.

돌아와 생각해 보니 이름을 물어보지 못한 것이 후회되었다. 사랑스런 그 아이의 모습이 눈에 선해 오래도록 잊히지 않는다.

_ 한필교, 「문견잡지」, 『수사록』, 1831년

1-8. 위풍당당 청나라 황제

도광제의 모습

진각오전 7시~9시에 서화문西華門이 열렸다. 말을 탄 사람이 좌우로 나뉘어 말고삐를 잡고 나왔다. 뱃대끈과 안장을 얹고 누런 담요로 감싼 말이 서너 마리였다. 수역首譯: 책임을 맡은 역관이 일행에게 단단히 타일렀다.

"얼굴을 들고 두 손을 공손히 내리십시오. 두리번거리거나 웃어서도, 말을 해서도 안 됩니다."

잠시 후, 말을 탄 사람 오륙십 명이 지나갔다. 그 가운데 손에 황금색 고삐를 잡은 사람이 바로 도광道光황제였다. 올해 56세로 얼굴은 네모지고 이마는 넓었다. 머리와 이마가 둥그스름하게 위로 솟았으며, 턱은 길고 콧수염은 적었다. 볼살이 옴폭 들어간 걸 보니 아마도 이가 빠진 모양이다. 외모에 특별한 점이 없어 언뜻 보면 다른 이들과 분별할 수 없었다.

_ 임백연, 『경오유연일록』, 1836년 12월 23일

함풍제의 모습

한 사람이 검붉은 대원마大宛馬 : 중앙아시아 지역의 명마를 타고 있었다. 왼손에는 서양화로 대나무와 등나무를 그린 채찍을 잡고 오른손에 황색 투구를 들고 있었다. 머리에 새빨간 모자를 쓰고 몸에는 긴 담비 가죽옷을 입었는데, 털이 바깥으로 나 있었다. 6척이 넘는 키에 나이는 스무살 안팎이요, 네모난 흰 얼굴에 약간 수염이 하나도 없다. 외모는 깡말라도 강단이 있어 보였다. 눈썹과 눈매가 준수하고 눈빛은 날카롭다. 참으로 천하를 통치하는 기세가 있다.

이 사람은 과연 누구인가. 그의 성은 애신각라愛新覺羅이고 이름은 □ □ 원문에는 황제의 이름을 피휘(避諱)하므로 생략되어 있다. 함풍제의 이름은 '혁저'(奕詝)이다, 지위는 천자이며 칭호는 황제이다. 붉은 모자를 쓰고 말발굽처럼 좁은 소매의 옷을 입고 있다. 국호는 청이고, 연호는 함풍咸豐 원년이니 바로 이 사람이 함풍황제로다. 위풍당당한 그 모습을 한번 보면 누군들 경외하지 않으랴.

_ 권시형(權時亨), 『석단연기』(石端燕記), 1851년 1월 15일

<u>2부</u>

조선 사내 좌충우돌 중국체험 ② 사건편

2-1. 사나이도 길 떠나면 마음 약해지리니

이별 앞에서

의주 비장裨將이 말했다.

"전에 사신 행차들이 이 강을 건널 때에 말입니다. 정사, 부사, 서장관의 수청을 들던 기생들이 한꺼번에 와서 권주가勸酒歌를 부르다가, 떠날 때에는 양관삼첩陽關三疊 : 옛날의 이별가을 불렀습니다. 그때에는 눈물을 줄줄 흘리는 사람들도 있더니만, 이번 행차에는 그런 광경이 없군요. 작별이 실로 어렵지 않겠습니다."

내서경순가 대답했다.

"자네 그 이유를 들어보려나? 예전에 사신들이 바닷길로 배 타고 중국 갈 적에는 통소와 북소리가 요란하게 울렸네. 노랫가락과 피리 소리가 어울리면서 뱃노래 소리가 작별의 슬픔을 일으켰었지. 이럴 때 강가에서 배웅하는 부자 형제가 참으로 어떤 마음이었겠나? 천고의 일을 생각만 해도 눈물이 흐른다네. 이번에 연경 가는 길은 거리가 3,000여 리에 불과하고 날수도 150일에 불과하네. 그러니 이별이 뭐 그리 어렵겠는가?"

_ 서경순(徐慶淳), 『몽경당일사』(夢經堂日史), 1855년 10월 27일

이별 앞에서(2)

책문柵門에 머물렀다. 원래 오늘 출발할 예정이었으나 부사의 반당 중에 감기 걸린 자가 있어서 하루가 늦어졌다.

나김직연를 수행했던 건량고직乾糧庫直 : 양식 운반을 담당한 수행원 이병원이 돌연 하직 인사를 하였다. 서장관이 데리고 갈 수 있는 반당은 비장과 종을 포함해 모두 네 명을 넘지 못하게 되어 있다. 이것이 정해진 법식이다.

나는 이번 사행을 반드시 단출하게 하려 했기에 네 명 중에서 한 명을 더 줄인 것이다. 그러나 정작 이병원을 이역만리에서 떠나보내자니 참 서글펐다. 어린 나이에도 글자를 알았고 자라서는 나를 부지런히 섬겨왔다. 10여 년 동안 내 곁을 떠나지 않았던 사람이었다. 그는 차마 발걸음을 돌리지 못하고 얼굴을 가리며 울었다. 하인들 또한 손을 잡고 애통해했다. 울음을 삼주느라 말도 잇지 못하니, 보기 좋은 광경은 아니었다. 잠시 후에 겸인傔

人: 청지기 김재석이 문밖에서 작별하고 돌아왔다. 눈물 자국이 뺨에 가득하고 두 눈은 퉁퉁 부어 있었다.

_ 김직연, 『연사일록』, 1858년 11월 30일

만 리 밖에서 맞는 생일

오늘은 나의 생일이다. 새벽에 부사副使가 성대하게 차린 음식상을 보내주었는데 떡과 과일이 모두 여기에서 난 것들이다. 가만히 혼자 앉아 있으니 전혀 감흥이 없고, 시회詩會의 여러 벗들을 추억하니 매우 서글픈 마음이 들었다.

촌가 하나를 빌려서 모여 앉았다. 부사가 떡, 국수, 술, 과일 등을 또 가지고 왔다. 그는 내게 술을 권하며 생일을 축하해 주고는 다음과 같이 말했다.

"우리는 모두 조그맣고 구석진 나라에서 태어났습니다. 나라 밖으로 한 걸음 벗어나지 못하고 그저 안에서만 답답하게 지내다가 지금 만 리 길을 떠나왔지요. 천고의 뛰어난 유적을 두루 구경하고, 이곳 징해루澄海樓에서 멀리 역수易水와 만리장성을 바라보며 술잔을 서로 권하고 있습니다. 이는 평생에 쉽게 오는 기회가 아닙니다."

내가 말했다.

"그렇습니다. 남자로 세상에 태어나면 뜻을 천하 사방에 두기 마련입니다. 그렇기에 천하를 두루 돌아다니며 뽕나무로 만든 활과 화살을 쏘는 것이 돌잡이 아이에게는 으뜸가는 축원이었습니다. 내가 태어나 돌을 지낸 지 벌써 48년입니다. 그런데 올해 들어 그 염원을 조금이나마 이루게 되었으니, 다행한 일이 아니겠습니까? 게다가 내가 태어난 때가 바로 오늘 신시申時 : 오후 3시~5시입니다. 작년 이맘때는 국상을 당한 터라 대관臺官의 자격으로 능묘 아래에서 곡을 했었지요. 그런데 올해는 징해루 위에서 이 순간을 보내고 있습니다. 마치 조물주가 희롱하는 듯하니 어찌 이리도 교묘합니까? 참으로 기이한 일입니다."

부사가 말했다.

"올해만큼 좋은 해가 없고 작년만큼 나쁜 해가 없었으니, 이 또한 성쇠盛衰의 이치인가 봅니다."

우리는 서로 껄껄 웃었다.

그날 밤 나는 다음과 같은 율시 한 수를 지었다.

가고 가서 하루도 쉬지 않아	行邁日無暇
멀고 먼 하늘 끝까지 왔구나	遙遙天一涯
구름 뚫고 흰 돌 맑은 물 지나서	穿雲過白石
달빛 받으며 붉은 꽃길로 든다	帶月入紅花

앞길 가까워져 조금 기뻐하다가 差喜前途近
고국이 아득해져 다시 놀라네 旋驚故國賒
옥하관은 몇 리나 남았는가? 玉河餘幾里
집에 돌아갈 날 손꼽아 기다린다 屈指似歸家

_ 김직연, 『연사일록』, 1858년 12월 22일

고향의 벗들이 그리워라

밤은 깊었지만 캉이 추워 뒤척이며 잠 못 들고 있었다. 갑자기 나의 벗 태화가 머리를 디밀고 들어왔다. 나는 놀랐으나 한편으로는 기쁘기도 해서 말했다.

"아니 자네가 어떻게 이곳에 왔는가?"

그는 웃으며 말했다.

"산사에서 독서를 하다가 견딜 수 없이 답답하기에, 말 한 필 잡아타고 채찍질해 달려왔습니다. 책문에 도착해서 우연히 북쪽으로 가는 사람을 만났지요. 그의 안내를 받았는데 저를 도와주느라 무척이나 애썼습니다."

내가 말했다.

"그자는 분명 통행증이 없는 사람일 게요. 자네를 도와준 대가로 죄를 모면하려 했던 것일세."

그러자 태화는 대답했다.

"혹 그럴지도 모르지요. 그렇지만 통행증이 있든 없든, 제겐 아무런 상관없습니다. 이처럼 눈 내린 달밤엔 그저 시를 짓고 술을 마셔야 할 것입니다. 만리타향에서 술도 마시지 않고 시도 짓지 않는다면 무엇으로 위로받는단 말입니까?"

내가 말했다.

"나는 시도 술도 모두 서투르지만, 오늘밤에는 이들이 없어선 안 되겠구려."

그러고는 술을 가져오라 소리 치다가 잠에서 깨어났다.

하인들은 모두 깊이 잠들었고 고요하여 아무런 소리도 들리지 않는다. 다만 청인들이 야경을 돌며 치는 딱따기 소리와 옆방의 객들이 웅얼거리며 웃는 소리가 들려올 뿐이었다.

_ 김직연, 『연사일록』, 1858년 12월 22일

2-2. 요동벌에 이르니 가슴이 탁 트인다

장건의 뗏목도 부럽지 않으리

아침에 출발했는데 눈발이 허공에 가득하고 찬바람은 뼈를 파고들었다. 수레의 가림막을 내리고 두루마기를 걸쳤다. 가끔씩 창 유리를 통해 내다보니 넓은 벌판이 아득히 펼쳐졌다. 눈보라가 휘몰아치자 수레는 요란스럽게 덜커덩거렸다. 마치 장풍을 몰아 허공에 솟구쳐 오르는 듯, 큰 배를 띄워 푸른 바다를 헤쳐 나가는 듯하였다. 몸과 마음이 저 별 가득한 하늘 위를 떠도는 것 같았다. 한나라의 장건張騫이 뗏목을 타고 서역西域으로 들어갔다 하던데, 그가 탔던 뗏목도 아마 이보다 더하지는 않았을 것이다.

접관청接官廳까지 12리, 방허소防虛所까지 6리, 난니보爛泥堡까지 10리, 만보교萬寶橋까지 6리, 연대하보烟臺河堡까지 4리, 오리

대五里臺까지 10리, 십리하보十里河堡까지 7리를 갔다. 이날은 모두 55리를 갔다.

요동의 들판은 끝없이 광활했다. 천 리 밖까지 한눈에 보이는가 하면 사방을 둘러봐도 아득히 펼쳐졌다. 어느 하나 막힌 곳이 없었다. 가슴까지 상쾌해졌다. 이에, 율시 한 수를 지었다.

끝없이 이어진 사신의 수레 요동벌 건너는데	聯翩使盖度遼州
아득히 펼쳐진 평야에 마음은 점점 드넓어진다	平野迷茫意轉悠
지난번엔 삼천 리 먼 파촉 길을 얘기했는데	曩謂三千巴蜀道
갑작스레 동정주 칠백 리를 지나온 듯 놀라네	忽驚七百洞庭洲
산들은 보이지 않으니 하늘도 끝나 버린 걸까	羣山不見天疑盡
온 세상이 텅 비어 땅만 둥실 떠 있는 듯	大界都空地欲浮
사방을 둘러봐도 얼어 버린 구름 속이라	四顧迷離氷雲裡
여기저기 사신의 수레 흐르듯 달려가네	星星車馬走如流

_ 김직연, 『연사일록』, 1858년 10월 5일

세상이 넓은 줄 이제야 알겠다

중원에는 참으로 평탄한 광야가 많다. 그 옛날 제나라, 조나라,

양나라, 송나라 지역도 이처럼 탁 트여 사방으로 통했다. 파촉巴蜀 지방이 가장 험하다 말들 하지만 이 또한 비옥한 천 리에 펼쳐진 벌판이라 할 만하다. 그러나 우리나라 사람들은 오로지 요동벌판만 볼 수 있기에 놀라서 천하의 둘도 없는 곳으로 여긴다. 이 어찌 뛰어난 이들의 비웃음을 살만하지 않겠는가. 입에서 나오는 대로 율시를 한 번 지어본다.

넓은 들판 가운데 월봉이 우뚝 솟아	特起月峯曠野中
올라가 굽어보니 허공을 넘는 듯	登臨直欲跨虛空
하늘 다한 동북쪽 멀리 봉우리 보이고	天傾東北遙岑出
땅 갈라진 서남쪽 큰 바다와 통하네	地坼西南大海通
사방으로 트여서 세상이 넓음을 이제 알겠고	達四方知寬世界
그 세상 속 이 한 몸 작고 작아 부끄럽다	參三還愧眇吾躬
숲을 옮겨 심어도 이 솜씨 따라하기 어려우니	林慈動植摹難盡
삼라만상은 모두 조물주의 공이어서지	萬像都歸造化功

_ 김직연, 『연사일록』, 1858년, 12월 9일

연암만 곡하라는 법 있으랴*

지난번에 내김선민가 의주에 머물 때 의주 부윤 홍의호洪義浩가 내게 이렇게 말했다.

"요동의 넓은 벌판은 참으로 한 번 곡하기에 좋습니다."

내가 물었다.

"그게 무슨 말입니까?"

"그대는 어머니 뱃속의 태아를 알지 못하십니까? 태반이 터가 되고 태막胎膜: 태아를 보호하는 막은 천지가 되며 양수는 집이 되지요. 그 안은 새 알처럼 겹으로 싸였고 외부는 거미줄처럼 얽혀 웅덩이 같기도, 계곡 같기도 합니다. 칠흑처럼 어두운 감옥도 떠오릅니다. 혼미한 상태로 열 달을 있다가 갑자기 산파의 재촉속에 세상으로 끌려 나오면 어느덧 사방이 밝게 펼쳐집니다. 그러니 두렵고 기쁘며 슬퍼할 만해서 저도 모르게 응애 하고 우는

* 연암(燕巖)만~있으랴: 호곡장(好哭場)을 감안한 제목이다. 호곡장은 '통곡하기에 좋은 장소'라는 뜻이다. 연암 박지원의 『열하일기』에 다음과 같은 구절이 있다. "나는 오늘에서야 깨달았다. 인간의 삶이란 본래 의지할 곳이 없으며, 그저 하늘을 머리에 이고 땅을 발로 디디면서 살아갈 뿐임을. 말을 멈춰 세우고 사방을 둘러보다가, 나도 모르게 두 손을 들어서 이마에 대어 경례를 올리며 말했다. '통곡하기에 좋은 장소로구나'. 통곡할 만하다." 이른바 연암의 호곡장론은 이후 요동벌판을 지나는 연행자들에 의해 자주 인용되고 언급된 바 있다. 김선민의 이 글 역시 연암의 '호곡장'을 의식하고 쓴 것임이 분명하다.

것이지요.

우리 선배들은 6척의 몸으로 구석진 바닷가에서 답답하게 살아왔습니다. 어디를 가더라도 연이은 봉우리며 겹겹의 산이 막혀 있을 뿐이요, 금륜성왕金輪聖王 : 수미산의 사주(四洲)를 통치하는 제왕이 삼천대천의 세계 안에서 텅 빈 허공을 쥐고 있다는 것을 알지 못합니다. 죽도록 기막히고 답답하지만 풀어낼 곳이 없었습니다.

그런데 갑자기 천 개의 산과 만 개의 강 밖에서 8백 리 끝없는 들판을 처음으로 마주한다 생각해 보십시오. 그 경이로움은 아기가 태어나는 순간과 비슷하지 않겠습니까? 온 천하의 수염 난 장부들이 이곳에 한 번 도착하면 어찌 같은 소리로 곡하지 않을 수 있겠습니까?"

나는 그 말을 듣고서 허탈한 웃음을 지었다. 저 의주 부윤이란 자는 본래가 우아한 흥취가 있고 논의 또한 빼어나게 잘하는 사람이다. 게다가 요동 들판은 연행에서 제일가는 웅장한 볼거리이다. 때문에, 나와 그가 나눈 말을 기록하여 세상의 호사가들에게 이렇게 전해 본다.

_ 김선민(金善民), 『관연록』(觀燕錄), 1804년 12월 2일

2-3. 이 물건은 처음이라

군자를 놀래킨 자명종

정사의 숙소로 가는데 갑자기 재잘대는 봄 새 소리가 들려왔다. 문으로 들어가 자리에 앉으니 새 소리는 침상 머리에서 나는 것이었다. 못 보던 물건 하나가 있었는데 허리에 차는 패옥처럼 작았다.

옆에는 구멍 하나가 나 있고 그 안에 기계 장치가 들어 있었다. 청인淸人이 구멍 속으로 열쇠를 넣어 돌리자 위에 나 있는 문이 소리를 내며 열리더니 쇠못 하나가 갑자기 튀어 올랐다. 팥알처럼 작은 새 하나가 그 위에 앉아 있었다. 두 눈이 또렷이 빛났고 꽁지는 길며 부리는 짧았다. 비취빛 깃털에 혀는 붉었는데 고개를 들었다 숙였다 하며 좌우를 돌아본다. 그 곁에는 거문고를 안고 있는 사람 모습이 그려져 있었다. 한 올 한 올 세세하게 그린 수염과 눈썹이 생동감 있었다.

갑자기 음악 소리가 안에서 나더니 거문고 타는 사람이 현을 퉁기며 화답했다. 큰 줄 작은 줄 소리가 높고 낮게 울렸다. 줄을 뜯는 손가락은 살아 움직이는 듯하였다. 새 또한 음악에 맞춰 울며 꼬리를 흔들고 혀를 놀리는데 영락없는 진짜 새였다.

잠시 뒤에 음악이 그쳤다. 새는 날개를 펼치고 날아올라 들어가고 문이 닫혔다. 둘러서 있던 구경꾼들이 눈을 휘둥그레하며 신기하다고 감탄했다.

내 비록 눈과 귀로 자세히 보고 들었어도 도대체 그 묘한 이치를 알아낼 수가 없었는데, 듣자 하니 서양에서 온 것이라고 한다. 서양 사람들은 재주가 뛰어나다. 각기 전공한 기예로 물건 하나를 만들더라도 지혜와 힘을 다하여 반드시 제대로 이루어 내고자 한다. 그들이 평생 성취하지 못했다면 자식에게 전하고 또손자에게 전하여 반드시 이루고 난 뒤에야 그만둔다. 때문에, 이처럼 기묘하고 괴이한 물건은 서양으로부터 오지 않은 것이 없다.

아! 서양의 학문은 윤리를 해치고 의리에 어긋나는데 점점 끊이지 않고 흘러 들어와 장차 천하를 삼킬 재앙이 될 것이다. 게다가 그 기예는 귀신처럼 조물주의 조화를 빼앗는다. 이같이 장난하며 노는 물건은 사람을 병들게 할만한 것이다. 마땅히 군자가 취할 바가 아니다.

_ 김직연, 『연사일록』, 1859년 1월 26일

요지경 속 세상

밤이 깊어 막 잠을 자려는데 건량고직 이경환李景煥이 캉의 문을 밀치고 들어와 정사의 전갈을 전했다.

"천하제일의 기묘한 물건이 있는데, 이를 돌려가며 구경할 수 없기에 이렇게 급히 부르는 것이니 어서 와서 구경하라 하셨습니다요."

나는 즉시 일어나 옷을 갈아입고 정사가 묵는 숙소로 달려갔다. 과연 그곳엔 작디작은 물건 하나가 놓여 있었다. 겉은 놋쇠로 꾸몄고 길이가 불과 1촌 5푼약 3.5cm 남짓했다. 뾰족한 윗부분이 작게 뚫려 있었는데, 바늘구멍 크기 정도였다. 비스듬한 각도로 그 구멍 안을 자세히 들여다보았다. 그 속에는 한 사나이와 한 미녀가 발가벗고 마주 서 있었다. 사나이는 생김새가 멀끔해 키는 7~8척이요, 수염이 아름다웠다. 미녀는 용모가 곱고 아담하여 경국지색이라 할 만했다. 가까이서 보면 조금 작아지고 멀리서 보면 약간 커지니. 늘어선 누대들이 휘황찬란하고 꽃이며 버들가지가 바람에 한들거렸다. 이 구멍 안은 작고 좁아서 아주 조그만 물건이라도 집어넣기 어려울 텐데, 안에는 별세계가 펼쳐져 있다. 그곳에서 사나이와 미녀가 정을 통하는 것이다.

서양인의 그림이 조물주의 수법을 빼앗았다고 익히 들어왔지만, 이처럼 기이하고 교묘한 것이 또 있을까?

_ 이항억, 『연행일기』, 1863년 2월 2일

2-4. 시체를 목격하다

옥전현玉田縣에서는 비장裨將들과 함께 여기저기 구경을 하며 한가롭게 돌아다녔다. 동문東門의 옹성甕城:성을 보호하기 위해 성문 밖에 쌓은 성 안으로 들어가니 절이 하나 있었다. 단청이 아직 선명했다. 사유士裕가 먼저 법당으로 들어갔는데, 갑자기 그가 "으악" 하고 소리를 크게 지르면서 넘어질 듯 냅다 달려 나왔다. 사람들도 크게 놀라서 덩달아 따라나갔다. 문밖에 나와 그제서야 소리 지른 이유를 물어보았다. 사유가 손사래를 치고 미간을 찡그리며 말했다.

"연탑蓮榻:연꽃 모양의 자리에 관음상이 모셔 있고…."

그는 숨을 헐떡이며 말을 잇지 못했다.

내가 물었다.

"관음상을 보고 놀란 것이요?"

사유가 고개를 저으며 말했다.

"아니, 그… 그 옆에 있는…."

몸서리를 치며 말을 하려 들지 않았다.

나는 놀랍기도 하고 이상하기도 해서 다시 물었다.

"그 옆에 있는 천수천안千手千眼 장육불丈六佛의 모습이 무서웠던 것이요?"

사유가 말했다.

"아니요."

옆에 있던 긍지兢之가 다시 물었다.

"아니 그럼 주둥이가 길쭉한 털북숭이 8척 맹견이 낯선 외국인을 보고 으르렁거리며 물기라도 했던 거요?"

"아니요, 아닙니다."

양종우도 물었다.

"고리눈[環眼]에 뾰족수염을 한 수문신장守門神將이 창을 잡고 코앞에서 찌르는 것 같던가?"

"아니요, 그것도 아닙니다."

나는 다시 물었다.

"그럼 일부러 그런게요? 두려워 떠는 척하면서 사람들을 놀래키려 했던 것이오?"

사유가 다시 고개를 세차게 젓는다.

"아니, 아니요, 그럴 리가 있소?"

"그렇다면 그 옆에 있다는 것이 대체 무엇이길래, 그토록 놀라서 겁을 먹었소? 차근차근 말해 보시오"

사유가 그제야 숨을 몰아쉬고 말했다.

"옆에 붉은 칠을 한 기다란 궤짝이 있었습니다. 불경을 보관해 놓은 궤짝인가 싶어 다가가 열어 보려 했지요. 그런데 틈도 없는 곳에서 물방울이 떨어지지 뭡니까. 그 냄새가 엄청 고약하여 코로 맡으면 토할 지경이었습니다. 다시 자세히 살펴보니 시체를 담은 관이었소. 모골이 송연해지고 등에 식은땀이 흐르더이다. 겁에 질려 도망 나오느라, 나도 모르게 절로 큰 소리를 지른 것이오."

나는 웃으며 말했다.

"일전에 사관寺觀에서도 많이 보지 않았소? 그때는 아무렇지도 않아 하더니, 이제 와서 왜 그리 놀라는 것이요?"

사유도 웃으며 말했다.

"다른 사람들이 옆에 있으니 그랬던 게지요! 해는 저물고 혼자서 어두컴컴한 신당神堂에 들어가 손으로 더듬다가 그 냄새를 맡고, 갑자기 생각지도 못한 장면을 보았습니다. 그러니 머리털이 곤두서고 정신이 나갈 수 밖에요."

듣고 있던 양종우가 놀리면서 말했다.

"손으로 관을 어루만지고는 먼저 '애고'[哀告] 곡소리를 냈을 테고 그 다음엔 가슴을 치며 발을 굴렀을 테니[벽용(擗踊)]* '효'孝라 할 수 있겠지요. 그런데 물러나서는 평소와 다름이 없이 웃고 떠들지 않았소? 이는 '슬픔에 겨워서 경황이 없는 모습'[哀遑之容]은 아니니 '불효'라고 말해도 괜찮겠소."

사유가 웃으며 말했다.

"그대가 비록 나를 욕보이려는 것이지만 말은 옳은 말일세."

사람들이 한바탕 크게 웃었다. 사유가 무안해하면서 말했다.

"내가 정말 실수를 했소이다. 앞으로는 혹시 절이나 사당에 가더라도 꼭 남들 뒤에 서지, 앞에 나서지는 않을 것이오."

_ 한필교, 『수사록』, 「문견잡지」, 1831년

* 벽용(擗踊) : 어버이의 상을 당하여 극도로 슬픈 나머지, 가슴을 치며 발을 굴러 뛰는 것을 말한다. 『효경』(孝經) 「상친」(喪親)에 "벽용하며 곡읍을 하고, 슬퍼하며 보내 드린다"(擗踊哭泣, 哀而送之)라는 말이 나온다.

2-5. 금서 몰래 숨겨오기

『삼국지』도 금서였다!

문성당文盛堂에 가서 책을 산 뒤 수레 속에 깊이 숨겨 놓고 말을 몰아 돌아왔다.

청나라에서는 외국인들이 함부로 서적을 사 가지 못하게 금하였다. 그렇다 보니 대부분의 서적이 금서禁書였다. 역사서, 병법서, 술수서에서부터 『삼국지』 등의 서적까지도 금서 목록에 들어 있다. 며칠 전 이학李㩀이 책을 사 가지고 왔는데 이곳의 서반序班에게 경고를 듣고 예부禮部로 그 책을 반송했다. 예부는 『태을통종』太乙統宗, 『수리정온』數理精蘊, 『육임대전』六壬大全, 『삼국지』三國志를 금서로 간주해 돌려주지 않았다. 나머지 경서와 의서醫書, 점술서 등은 다시 돌려 주었다.

청나라 예부의 서반들은 줄곧 우리나라 서책 판매를 주관해

왔다. 요즘 들어 저들은 서책을 사들였다가 다시 되팔 것을 요구하곤 한다. 이 때문에 책값은 점점 뛰어올랐다. 결국 조선 사신들은 예부에 문서를 올린 후 책방에 가서 직접 구매하게 되었다.

내가 산 책들 중에도 금서가 들어 있다. 그러니 들켜서 사달을 만들 바엔 잘 숨겨서 애초에 사지 않은 척 하는 것이 상책이다. 어쩔 수 없이 몰래 품속에 넣고 돌아온 내 자신이 우습기도 하다.

_ 이영득, 『연행잡록』, 1823년 1월 15일

『명실록』 사수 작전

명나라 역대 왕조를 기록한 실록實錄은 총 461권으로 사관 곡응태谷應泰가 책임을 맡아 편찬한 것이다. 그러나 후손이 가난하여 그것을 온전히 지켜내지 못해 세상에 흘러 나왔다.

1829년순조 29 겨울, 내조수삼가 사신을 따라 북경에 갔는데 이석여李錫汝 군과 같은 숙소에 묵고 있었다. 그때 이군이 책방에서 비싼 값을 치르고 이 실록을 사 가지고 왔다. 그리고 밤새 나와 함께 내용을 정정하고 보완했다. 귀국해서 나라에 바쳤는데, 그 후 장서각에 소장되어 문헌 고증에도 많은 도움을 줄 수 있었다.

누구나 이 책을 본다면 명나라와 인연 없는 먼 나라 사람이라 할지라도 슬픔과 탄식을 금치 못할 것이오, 눈물 흘리며 울지 않을 수 없으리라. 하물며 임진왜란 때 도움을 받고 그 은혜를 잊지 못하는 우리나라 사람들에게 있어서랴

이석여 군은 가난한 살림에도 나라를 위해 천금을 아끼지 않고 이처럼 귀한 책을 마련했다. 그가 의로운 선비의 풍모를 지니지 않았더라면 어찌 그럴 수 있었겠는가. 이에 긴 노래를 지어 기특한 그 일을 기록하려 한다.

…(전략)…

황제의 좌우, 사관들이 기록하더니
옛 신하 곡응태가 임금 뜻 받들어
누구도 돌보지 않은 역사를
홀로 비서성에서 불 밝히고
깨알 같은 글씨로 기록하였네

부유하던 곡씨 집안 차츰 쇠락해
이 책이 책방에 굴러다니는데
그 나라 선비들도 먼발치서 바라볼 뿐
객시로 온 우리가 발 붙일 수 있으랴

장돌뱅이 파는 책 그리도 귀하랴만
신묘한 이 서책은 보존되었구나
연경 따라온 조선 사행 한 사람이
아침부터 한나절 이 책 보고 긴 한숨

간교한 장사꾼 귀신보다 약아서
눈치 보며 값을 높이 불렀건만
천금을 안 아끼고 이 책 사들였으니
고마워라, 이군은 강개한 선비구나

청나라 금하는 것 이 책의 유출이라
숙소에서 문 닫고 촛불 켜고 읽었네
어두운 눈 비벼가며 역사를 상고하고
정성을 다하여 편차를 정정하였지
…(후략)…

_ **조수삼**(趙秀三), 「**황명실록가**」(皇明實錄歌), 『**추재시고**』(秋齋詩稿), 1829년

2-6. 고삐 풀린 말을 타다

다리 서쪽을 따라 담장을 돌아 오룡정五龍亭으로 향했다. 길옆을 보니, 안장을 얹지 않은 말 너댓 마리가 있었다. 하필 그때 내임백연가 탄 말이 제멋대로 날뛰는 바람에 견마잡이도 제어하지 못했다. 내 말이 길옆에 있던 그 말들에게 뛰어들자 모두 놀라서 내달리는 것이었다. 말들이 한꺼번에 바람처럼 달려댔다. 달아나는 말도 추격하는 말도 우레가 번쩍이듯, 별똥이 떨어지듯 급히 내달렸다.

주변에서 보고 있던 이들은 놀랍고 두려운 나머지 사람을 보내 급히 좇았다. 그러나 말이 달리는 것과 사람이 걷는 것에는 격차가 심했다. 내가 탄 말은 순식간에 이미 1리 남짓 앞서 갔다. 동행한 이들은 벌써 저 뒤로 아득한 채 나를 따라잡지 못했다.

내 말은 북쪽 역참에서 잘 길러져 몸집도 크고 잘 날린다. 중국에 올 때 수레 안에서 마음이 답답할 때면 이따금 말을 탔다.

견마잡이를 물리치고 고삐를 놓으면 나는 듯이 내달려 천 리를 갔다. 긴 여정의 피로에도 기세가 꺾이지 않았는데, 지금 북경에 들어와 한가로운 터에 평탄한 길까지 만났으니 제어가 되지 않는 것은 당연했다.

나는 바로 안장과 등자에 단단히 의지하고 말이 가는 대로 내버려두었다. 간혹 길가던 청인淸人들이 있기에 도움을 청해 보려고도 했다. 하지만 갑작스럽고 당황하여 상황을 일일이 전달할 수 없었다. 아마 저들은 내가 일이 생겨 급히 달려간다 생각할 것이다. 그저 비웃고 손가락질해 대니 누가 나의 두려운 마음을 헤아리겠는가? 이렇게 호랑이를 타고 산비탈을 내달리는 형세는 어디쯤에서 멈추게 될까?

다만 다행인 것은 길이 화살처럼 곧고 좌우의 담장과 지붕에 조금도 굴곡진 곳이 없다는 것이었다. 곳곳에 패루牌樓: 기념으로 세운 높다란 문가 있는데 문은 다행히 높고 컸다.

한창 내달리는 사이에 보니, 상판사 마두 차윤득車允得 무리 서너 명이 누런 기와와 붉은 담장, 황금 편액과 옥난간 아래에서 있었다. 나는 그들을 보고선 놀라고 기뻐서 큰소리로 불렀다. 그들도 나를 보고 놀라기는 매한가지였다. 나는 황급히 고삐를 당겨 멈추려 했지만 속도가 빨라서 막을 수가 없었다.

차윤득 무리는 연이어 소리쳤다.

"고삐를 당겨 누르세요."

내가 곧 고삐를 당겨 말 머리를 누르자 말은 즉시 발걸음을 멈추고 빙빙 돌았다. 차윤득 무리가 곧장 손으로 재갈을 잡고 끌고 왔다. 말에서 내린 나는 숨을 헐떡이고 땀이 흘러 진정되지 않았다. 차윤득이 웃으며 말했다.

"나으리는 말만 잘 타지 말을 몰 줄은 전혀 모르십니다. 말의 본성은 고삐를 놓아 두면 내달리고 고삐를 누르면 멈춥니다. 달리려고 하면서 고삐를 놓지 않고, 멈추려고 하면서 고삐를 누르지 않는다면 고삐는 무엇에다 쓰겠습니까? 지금 고삐를 놓고 내버려둔다면 말의 힘이 다 빠지기 전에 어찌 발을 멈출 수 있겠습니까? 여기서 옥동교玉蝀橋까지는 자그마치 5리 남짓입니다. 그렇게 내달리면서 어찌하여 고삐를 당겨 누르지 않았습니까?"

나는 부끄럽기도 하고 우습기도 했다.

"어찌 내게 일찍 가르쳐 주지 않았는가?"

그러고는 다시 물었다.

"이곳은 어디인데 너희들이 있느냐?"

차윤득이 대답했다.

"이곳이 바로 만불사萬佛寺입니다."

잠시 후, 여러 사람이 뒤쫓아 와서는 놀란 마음을 진정시켰다.

_ 임백연, 『경오유연일록』, 1837년 1월 9일

2-7. 어글리 코리안

막무가내 하인들

조선 사신단을 수행하는 하인들이 중국에서 사고를 치는 예는 한두 가지가 아니다. 여기 혐오스러운 경우가 하나 있다.

이들은 무리를 이루어 사행길에 오른다. 다니다가 과일과 떡을 파는 상인을 만나면 한 놈이 먼저 과일과 떡을 집어 한 푼도 주지 않고 가져가 버린다. 그러면 점포 주인은 분을 이기지 못해 비틀걸음으로 쫓아간다. 훔친 놈은 있는 힘을 다해 달아나고 점포 주인도 죽을 힘을 다해 뒤쫓는다. 이때 점포는 주인 없이 비어서 과일과 떡은 그대로 방치된다. 하인들은 그 틈을 노려 뒤따라 와서는 제멋대로 약탈한 뒤 사방으로 도망친다. 한 명뿐인 저 점포 주인이 어찌 이들을 막을 수가 있겠는가? 쫓으려 해도 안 되고 소리를 쳐도 허사다. 탄식하면서 점포로 돌아와 끊임없이 욕을 할 뿐이다.

지금 저 사람들은 이미 하인들의 꿍꿍이를 훤히 알고 있다. 약탈을 당해도 처음부터 쫓아가지 않고 모른 척해 버린다. 여러 명에게 당하느니 차라리 한 명에게 당하는 편이 낫다고 생각하는 것이다. 물건을 잃어도 태연스럽게 앉아 예삿일로 여긴다. 우리로서는 아주 부끄러운 일이다.

뒤따라 온 비장과 역관들은 이따금 하인들을 질책하고 꾸짖으며 더 이상 장난치지 말라고만 할 뿐이다. 그러고는 이렇게 말한다.

"그들이 이런 재미도 없으면 길고 피로한 여정에 마음 붙이고 길을 갈 방법이 없지 않겠습니까?"

이 역시 가소로운 말이다.

_ 박제인(朴齊寅), 『연사록』(燕槎錄) 부록, 1860년

서장관의 골칫거리

식전에 어떤 사람이 와서 말했다.

"상방주자上房廚子 : 정사의 음식을 담당한 수행인 등이 물건을 외상으로 많이 사 갔는데 떠날 기일이 임박했는데도 끝내 값을 생각을 하지 않습니다. 나으리의 은혜에 힘입어 곧 받아냈으면 합니다."

내가 타이르며 말했다.

"서장관인 내가 함부로 간여할 수 없으니, 정사의 방에 가서 잘 말해 보시오."

조선 사행단의 하인들은 다 빈손으로 걸어서 북경까지 들어왔다. 관소에 머무른 지 한 달 남짓이 되면 비용이 들지 않을 수 없다. 그래서 더러 동행들에게 비용을 꾸거나 저들에게 빚을 많이 진다. 갚지 않고 차일피일 미루다가 나가는 것이 상책이라 여기는 것이다.

떠날 기일이 임박해서는 외상 준 자는 돈을 받아내려 하고 빚 준 사람은 갚기를 독촉한다. 심지어 끌어당기고 욕설을 하며 옷을 벗기고 물건을 빼앗는 짓도 마다 않는다. 끝내 분에 못 이겨 만취한 채 대성통곡을 하는가 하면, 소송을 내겠다며 뜰에 들어와서 따지기도 한다.

사행 중 관소에 관한 일은 으레 다 서장관이 주관한다. 나는 법사法司, 송관訟官의 임무까지 겸하였다. 더러는 좋은 말로 타이르고 더러는 매를 때려 주의시키기도 한다. 일마다 대처하느라 나도 모르게 심신이 피곤해진다. 듣자 하니 이런 폐단은 예전부터 있었다고 한다.

청인들 중에 조선 사신 일행과 싸움이 붙는 이들은 우리가 묵는 숙소에 불쑥 들어와 다짜고짜 서장관을 불러 고소한다. 그러니 서장관 역시 괴롭지 않겠는가?

하인들이 이런 폐단과 소란을 일으키니 참으로 한심한 일이다. 저들 속담에 이런 말이 있다.

"조선 사신이 관소에 머무는 동안에는 청인들은 밤새 지키느라 문을 닫고서 마음 놓고 편히 자지 못한다."

그 말뜻이 도대체 무엇이겠는가? 조선 사행의 하인들을 다 도둑으로 여긴 것이리라. 그런 말을 들으니 나도 모르게 쓴웃음이 난다.

또 사신을 따라 중국으로 들어온 자들은 어느 누구든 부싯돌 하나라도 반드시 자루에 넣어 귀국하려고 한다. 때문에 귀국 일자가 정해진 후에는 상하를 막론하고 일행 모두가 마음이 바쁘다. 마치 무엇을 잃으면 어떡하나 하는 심정으로 허둥지둥, 안절부절 어찌할 바를 모른다. 이렇게 얻어 낸 물건들은 모두 포장하여 가죽 상자나 나무 상자에 나눠 넣고 못질을 해댄다. 그 소리가 관소를 온통 뒤흔드니 가소롭기 짝이 없다.

_ 박제인, 『연사록』 부록, 1860년

2-8. 줄어든 신발, 구겨진 양반 체면

팔리보八里堡에서 점심을 먹었다. 이헌명李憲命 군이 갑자기 미간을 찌푸리고 발을 절룩거리며 들어왔다. 이상해서 무슨 일인지 물었다.

이군이 대답했다.

"서울에서 출발할 때 신발 한 켤레면 거뜬하리라 생각했습니다. 어젯밤 비가 내려 장화로 갈아 신었는데 마두가 제 신발을 잘못 간수해 물에 젖어 버렸습니다. 그래서 얼른 햇볕에 말렸지요. 그새 신발 가죽이 오그라지고 줄어서 발이 안 들어가지 뭡니까? 억지로 신기는 했습니다만, 두 발이 전족을 한 것처럼 꽉 조이더군요. 한걸음에 아홉 번 넘어지는 꼴이니 괴로워 견딜 수가 없습니다."

이 말을 듣고 주위 사람들이 모두 크게 웃었다.

긍지兢之가 말했다.

"그대 발이 너무 커서 다른 사람 신발을 빌릴 수도 없을 것이네. 나귀나 말도 발굽에 편자를 신기거늘, 어찌 신발도 없이 먼 길을 갈 수 있겠소? 역졸의 짚신이라도 사다가 신는 것이 어떻겠는가?"

그러자 이군이 손사래를 치며 말했다.

"군관의 복장을 하고 짚신을 신는다면 필시 조선 사람, 청나라 사람 모두에게 조롱을 당할 것이 뻔합니다. 어찌하면 좋겠습니까?"

역관 변지화가 웃으며 말했다.

"정 그렇게 말한다면 하는 수 없소. 오랑캐의 신발을 몰래 가져다 신는 것은 어떻소? 아마 전족만큼 괴롭지는 않을 것이오."

이군이 고개를 설레설레 저으며 말했다.

"신발 때문에 낭패를 본 것은 사실입니다. 그렇다 해도 오랑캐 신발을 신고 어디를 갈 수 있겠습니까?"

이 말을 듣고는 모두들 밥을 먹다가 또 웃음을 터뜨렸다.

변지화가 말했다.

"애초에 신발 한 켤레로 만 리 길을 나서다니 이해할 수 없구려. 갓난아이가 아니라면 아무 생각이 없는 사람이 분명할 것이오. 스스로 자초한 일이니 누구를 원망하겠는가?"

그러자 이군은 발끈 성을 내며 말했다.

"남이 곤경에 빠졌는데 도와줄 생각은 못할망정 되레 조롱을 하다니 그대는 인정머리가 없는 사람이외다."

이군은 자신의 발을 어루만지며 탄식했다.

"내가 대체 무슨 생각으로 이리하였던고? 뉘우쳐도 소용 없구나."

그러더니 혼잣말로 또 중얼거렸다.

"아니지, 내가 생각이 없었던 것이 아니라, 이 모두가 마두 놈이 잘못한 거야."

나는 웃으며 말했다.

"화를 냈다가 뉘우치고, 뉘우쳤다가 다시 남 탓을 하니, 어찌 생각 없는 사람이라 놀림을 받지 않겠는가? 아마 한 번 웃는 것으로 끝나지는 않을 것이야."

이군이 말했다.

"만 리 길을 앞에 두고 신발이 없으니 이보다 더 큰 낭패는 없는지라, 남 탓을 하지 않고는 도리가 없습니다."

내가 또 말했다.

"이미 이렇게 된 마당에 남 탓을 해 본들 무슨 소용이 있겠는가?"

이군은 그제야 웃으며 사과했다.

"집사 어른 말씀이 옳습니다. 저는 지금부터 귀국하는 그날까지 이 신발과 운명을 함께할 것입니다."

그가 발을 디딜 때마다 미간을 찡그리고 "애고! 애고!" 신음하자, 옆에서 보는 이들이 모두 배꼽을 잡았다.

_ 한필교, 「문견잡지」, 『수사록』, 1831년

2-9. 조선 남자, 사진을 처음 찍다

나이항억는 박명홍, 오상준 두 사람과 함께 아라사러시아 숙소로 다시 찾아갔다. 사진사가 나와서 우리를 맞이했다. 내가 일행 중에 나이가 제일 많다는 이유로 먼저 사진을 찍게 했다.

사진사는 작은 상자 하나를 놓았다. 상자 모양은 우리나라의 말 안장 같았는데 가로댄 나무의 양 끝을 유리로 장식하고 청색 보자기로 상자의 앞머리를 덮었다. 그러고는 나를 상자의 뒤쪽에 앉혀서 움직이지 못하게 했다. 그는 입으로 주문을 두어 번 중얼거렸다. 주문이 무슨 말인지는 알아듣지 못했다.

사진을 찍고 다시 방으로 들어왔다. 조금 뒤에 나가 보니 사진사는 탁자 앞머리를 덮었던 유리를 뽑고 머리를 숙이고 서 있었다. 그렇게 한참을 있다가 유리를 다시 꽂았다. 뭔지 모를 물건을 품속에 넣고는 사람들에게 보이지 않게 하였다.

그는 다시 캉의 등을 켜고 서서는 유리 한 조각을 항아리 속

물에 담갔다가 즉시 꺼내 보여 주었다. 나의 모습이 유리의 표면에 옮겨져 있었다. 다시 탁자를 정리해 깨끗한 곳에 놓고는 채색 보자기로 덮었다가 다시 또 꺼냈다.

박명홍과 오상준도 차례로 사진을 찍었는데 그 절차는 앞과 같았다. 아까 내가 사진을 찍을 때는 꼼짝없이 앉아 있었기 때문에 어떻게 찍는지 확인할 수 없었다. 그러나 박홍명과 오상준을 찍을 때 기회가 왔다. 사진사가 다시 방에 들어간 틈을 타서 탁자에 덮인 보자기를 들고 머리를 숙여 보았더니, 맞은 편에 앉은 박명홍이 유리 표면에 거꾸로 서 있는 게 아닌가? 신기하도다! 마술과도 같았다. 방금 사진사가 입으로 중얼거리더니 마법의 주문이었나? 그가 들어와 말했다.

"사진을 지금 가져갈 수는 없소. 2~3일 뒤에 다시 와서 찾아가시오."

_ 이항억, 『연행일기』, 1863년 1월 29일

박명홍이 다시 아라사러시아 공사관에 가서 가격을 물어보고 나의 사진까지 대신 찾아왔다. 그저 하나의 작은 조각에 불과했다. 아라사 산産 종이 위에 나의 전신이 온전하게 들어가 있었다. 다만 피부색은 달랐나. 듣자 하니 실제 피부색을 내기 위해서는 은 수십 냥이 필요하다고 한다. 또 외국 기술이라 배울 수 없으며 이미 본뜨고 나면 불에 태워 버려 상자 속에 보관할 수 없다고 하였다.

역관들 열 몇 명도 사진을 찍었다. 이풍구도 사진을 찍으려 이경환과 함께 두 번 넘게 찾아갔지만 사진사를 만나지 못해 찍지 못했다.

_ 이항억, 『연행일기』, 1863년 2월 3일

2-10. 때 빼고 광내다—생애 첫 목욕탕

밤에 이풍구와 함께 걸어서 목욕탕에 갔다. 그곳은 숙소에서 서쪽으로 비스듬히 돌아가 거의 5리쯤 되는 곳에 있었다. 유씨라는 사람이 촛불을 밝혀 앞장서 안내하고 함께 목욕탕에 갔다. 목욕탕은 아치형으로 수백 칸이 되었다. 탕에 들어가니 훈기가 방에 가득해서 나도 모르게 땀이 흘러내렸다. 중국 사람 5, 60인도 모두 벌거벗고 목욕하고 있었다.

한참 있으려니 주인이 이풍구와 나를 정결한 탕 안으로 안내했다. 두 개의 큰 나무 그릇에 물을 담아주어 그것으로 목욕하게 해주었다. 이는 아마도 타국인을 우대하는 것이리라. 나 또한 벌거벗고 목욕했는데 물은 차지도 뜨겁지도 않았다. 몸에 가득한 때를 벗기고 씻으니 한결 가볍고 상쾌해졌다. 목욕 값은 700전이었다. 유씨에게 대신 지불하게 하고 즉시 돌아왔다.

_ 이항억, 『연행일기』, 1862년 12월 27일

3부

북경의 이모저모

3-1. 그림 같은 항구 도시

도회의 장관

북경으로 들어가는 길에 통주通州 경계에 도착했다. 여기에 와서야 성첩과 누대가 아스라이 바라다보였다. 마치 그림 속 경치 같았다. 성 밖으로는 비단처럼 희고 맑은 얼음과 눈이 펼쳐졌다. 이곳이 바로 노하潞河이다. 돛대는 촘촘히 서 있고 강 얼음은 단단하여 육지와 다름없다.

강가에서 수레를 멈추고 내렸다. 뒤이어 삼사三使가 나란히 도착했다. 강 가운데에 큰 배 대여섯 척이 얼음 위에 붙어 있었다. 길이는 십여 칸 정도이고 너비는 서너 칸인데 층층이 누대가 있고 단청이 영롱하게 빛났다. 판자 하나를 가로놓아 다리를 만들었기에 삼사가 모두 부축을 받고 올라갔다. 나 역시 따라갔다. 배 위에 있던 사람이 긴 장대 하나를 건네주었다. 우리는 그 끝을 잡고 조심조심 올라가서 겨우 뱃머리에 도달했다.

뱃머리엔 문이 하나 있었다. 문에 금빛 편액으로 '화풍영경'和風永慶이라 써 놓았다. 그 문으로 들어가니 또 작은 문이 있었는데 '화방'畵舫이라는 편액이 있었다. 아래는 모두 누각의 마루처럼 네모난 판자를 깔아놓았다. 좌우에는 조각한 창문과 그림을 그린 문이 있었다. 우리나라의 유리를 끼운 창문처럼 여닫게 되어 있다.

창의 한 면에는 밀랍을 입힌 종이를 바르고 다른 한 면에는 유리를 붙여 환하고 깨끗했다. 또 책상과 탁자, 의자와 선반 따위를 곳곳에 설치했다. 마루의 판자는 들어 올릴 수 있게 만들었다. 열어 보니 아래가 깜깜하였다. 몇 군데에는 사다리를 세워 오르내리기 편하게 되어 있다. 양식과 기물 등 온갖 물건들은 모두 그 속에 있는 것이다. 문은 겹겹이요, 층마다 누각이었다. 한 층을 올라갈 적마다 사다리를 두었고 숨겨진 구멍이 있었다. 기둥과 문짝에도 조각을 하고 칠을 해서 사람들의 적삼과 소매가 그곳에 비추었다.

가장 위층은 침실이다. 꺾어지는 곳마다 창틀과 계단이 정밀하고, 구비되지 않은 물건이 없었다. 굳이 배에서 내리지 않아도 물자가 충분하다.

침실의 맞은편은 주방이다. 병, 단지, 키, 절구 따위가 빠짐없이 있으며 고양이와 개, 닭도 키웠다. 이 모든 풍경을 그림으로 그릴 수도 없고 말로 다 설명할 수도 없다. 아무튼 배 안에서 많은 것을 즐길 수 있다.

이 배의 주인은 벼슬을 구하러 온 소주蘇州 사람이라고 한다. 차를 마시며 둘러보니 사방의 문 사이로 연이어 정박한 배 5, 6척이 바라보였다. 모양은 모두 비슷했다.

배 안의 사람들과 함께 의자를 늘어놓고 앉았다. 넓은 바다에서 돛을 펼치고 천 리를 순식간에 지나가면 얼마나 통쾌할까? 풍경은 또 얼마나 장관이겠는가? '연경의 빼어난 여덟 경치'[燕都八景] 가운데 '통주通州의 선박'[通州海舶]이 그 하나이다.

구경을 다 마치고 서로 부축하며 내려오는데 바람이 더욱 거세졌다. 백사장으로 내려와 다시 수레를 타고 북경으로 향했다. 성안 좌우의 시장과 집들, 수레와 말, 물자들은 심양瀋陽에 비해 더욱 화려했다. 이리저리 둘러보기엔 겨를이 모자랐다. 게다가 그 규모를 다 기록할 수도 없으니 참으로 큰 도회지의 장관이라 하겠다.

_ 임백연, 『경오유연일록』, 1836년 12월 19일

통주의 야시장

통주는 북경에서 동쪽으로 50리 떨어진 곳에 있다. 한나라 때는 노현路縣이라 칭했고 당나라 때는 현주라 칭했다. 북경 근처의 대도시로 천하의 운송물자가 이곳에 모여든다. 시장의 크기가 북경에 버금가는데 장사치들의 교역은 밤중에도 끊이지 않으므로 통주의 야시장은 매우 유명하다.

백하에서 나루 건너니 오래된 통주	白河渡口古通州
웅장한 성안에 수많은 집과 누대	千雉城中萬戶樓
동쪽 포구에 즐비한 돛배를 보니	試看東浦檣如束
모두가 비단 실은 강남 상선이구나	盡是江南賷錦州

북경으로 통하는 길 구불구불 이어졌고	通京一路自逶遲
커다란 고을이라 시장이 번성했네	管轄雄州富盛市
물건은 가득하여 황금 부처 세계인 듯	貨市渾成金佛界
문에 기대 돈을 세는 곱상한 아이	倚門鮮媚數錢兒

_ 홍석모, 「숙통주」(宿通州), 『유연고』, 1826년

3-2. 북경으로 들어가다

황제의 거처 자금성

황제가 거처하는 궁성을 자금성紫禁城이라 부른다. 자금성 안에는 모두 4개의 문이 있다. 남쪽을 오문午門, 북쪽을 신무문神武門, 동쪽을 동화문東華門, 서쪽을 서화문西華門이라 한다.

자금성은 벽돌로 쌓아 올렸다. 그 위에 성가퀴를 설치하고, 담장은 모두 붉은색으로 칠한 후 기와로 된 처마를 덮었다.

황궁은 바로 우뚝 솟은 자금성	大內峭嶢紫禁城
해자는 둘러 있고 다리는 비껴 있네	壕池周匝御橋橫
높다란 문에 구중궁궐 바다 같아	駕虹九闥深如海
백 길의 층루에는 푸른 기와 나는 듯	百丈層樓聳翠甍

서산의 행궁

황제는 매년 초에 서산西山에 행차한다. 황후와 비빈妃嬪들 또한 그곳에 가는데, 대보름날 서산의 원명원圓明園에서는 등불놀이[燈戲]가 펼쳐진다. 등불놀이를 하는 날에는 외국의 여러 놀이가 함께 공연을 벌인다.

초봄에 서산으로 놀러 가는 행차	西山臨幸在春初
궁궐 정원 연못 누대엔 버들 빛 물들고	禁苑池臺柳色舒
대보름날 등불놀이 장관을 보려고	爲趨元宵燈戲壯
궁중부터 황후와 비빈 수레 이어진다	宮中路續后嬪車

보름날 서원에 등불 펼친 잔치 자리	西苑張燈宴上元
쟁그렁 운문곡*을 연주하는 궁중 악기	鏗鏘法樂動雲門
악관樂官이 여러 놀이를 공연하라 하니	更教鞮韃呈諸戲
뜰 가득한 채색 소매 온갖 춤을 추는구나	綵袖盈庭萬舞翻

_ 홍석모, 「황성백영」(皇城百詠), 『유연고』, 1826년

* 운문곡(雲門曲)은 황제(皇帝)가 지었다는 악곡의 이름이다.

계절을 잊은 꽃집

융복사隆福寺 옆 꽃가게는 동서 패루가 있는 큰 시가지 서쪽에 있다.

땅을 파서 구덩이를 만들었는데 깊이는 4~5척이요, 길이는 10여 칸, 넓이는 3~4칸 정도이다. 위에 시렁과 서까래를 설치하고 이엉으로 그 위를 여러 번 덮었다. 구덩이 안에는 각종 꽃이며 화초들을 늘어놓았다. 땅 밑에서 올라오는 기운이 따뜻했다. 따뜻한 물을 대어 기르는데 사시사철 꽃들이 환하게 피어 있어 마치 봄날 같다. 사람의 공력이 조물주의 힘을 빼앗은 셈이니 참으로 신기하다. 북경 성안의 곳곳에는 꽃가게로 생계를 꾸리는 이들이 많다.

겨울을 지나면서 꽃은 다 시드는데	經冬卉木盡凋傷
이름난 꽃 다투어 피니 이상도 하지	恠底名花競吐芳
순식간에 울긋불긋 천 가지 빛깔이니	頃刻丹鉛千種色
어느 하늘 이슬비에 사계절 향기롭나	何天雨露四時香

봄빛은 일찌감치 삼짇날을 차지하고	韶光早占三三節

조화의 오묘함은 칠칠*이 부린 마법일세 化妙能參七七方
다만 한스러운 건, 활짝 꽃 핀 이 세계에 獨恨繁華此世界
노니는 벌과 나비 서로 잊었을까 하네 游蜂戲蝶若相忘

_ 홍석모, 「융복사방화초포」(隆福寺傍花草舖), 『유연고』, 1826년

새 가게와 앵무새

새를 파는 가게에서는 각종 특이한 새들을 길들여 조롱에 담아 둔다. 한 마리 혹은 두 마리를 담아 시렁 위에 매달아 놓고 파는 이들이 있다. 길옆에는 이런 새 가게가 많다.

이름 모를 특이한 새 무리를 이뤘는데 異鳥無名百十群
비단 같은 깃털로 조롱에서 살아가네 錦毛綷羽棲籠樊
소동파가 정혜원**에서 새들을 보았다면 如從定惠院中見

* 당나라 도사였던 은칠칠(銀七七)을 말한다. 환술에 능해 제철 아닌 꽃도 피워 냈다고 한다.

** 정혜원(定惠院)은 송나라 시인 소식(蘇軾)이 황주에 유배 갔을 때 깁시 머물렀던 곳이다. 온갖 새들이 모여들어 지저귀니, 선비들은 그 소리를 듣고 새소리를 흉내 내어 시를 지었다고 전한다.

매요신, 소순흠의 새 노래만 있었으랴 奚啻梅蘇四五言

북경에서는 앵무새를 많이 기른다. 주인은 잘 길들여 조롱에 넣어 기른다. 간혹 조롱을 들고 길에 나가 큰 소리로 장난치면, 새는 그 소리에 응답하여 어린아이처럼 말을 한다. 그러면 사람들이 빙 둘러서 구경하는 것이다.

_ 홍석모, 「금조포」(禽鳥舖), 『유연고』, 1826년

3-3. 북경의 먹거리

선비들의 주전부리

남방 선비 때때로 글 모임에서 만나	南士時逢翰墨場
웃으며 청담 나누고 빈랑을 씹는다네	淸談常喜嚼檳榔
낙화생과 수박씨 말린 것들을	落花生與西瓜瓣
잔치마다 놓아 두고 먹어대누나	亦置筵間不輟嘗

빈랑檳榔나무는 남방에서 자라는데 열매는 단단하고 맛은 맵다. 사람들은 이 열매를 보관했다가 주머니에 담아 수시로 씹는다. 빈랑이 고기 독을 제거하기 때문이다. 낙화생落花生 : 땅콩과 비슷한 열매 또한 남방에서 자라는데 꽃이 땅에 떨어진 뒤 가느다란 넝쿨에 열매가 맺힌다. 땅콩 같은 열매는 솔방울만 한데 맛이 시다. 비슷한 맛을 내는 열매를 찾을 수가 없다.

_ 홍석모, 「황성백영」, 『유연고』, 1826년

집밥보다 훌륭한 외식

북경 시장의 가게에는 다양하고 맛있는 음식이 갖추어져 있다. 도시 사람들은 시장을 돌아다니며 자주 음식을 사 먹고 허기를 채운다. 이곳에서는 아침저녁 식사 준비가 그리 중요치 않다. 가정에서 많은 이들이 모여 식사를 할 때면 시장에서 곧바로 사오면 된다. 때문에, 궁중의 음식처럼 많이 차려도 힘들지 않다.

접시 안의 떡은 설탕으로 맛을 내며	楪裏餌餈和雪糖
솥 안에는 탕면이요 돼지와 양고기구이	鍋中湯麵炙猪羊
도시 사람 집 밥하는 것에 어려움 없으니	都人不重家炊食
날마다 비싼 돈으로 시장에서 사 온다네	日費千錢買市闉

_ 홍석모, 「황성백영」, 『유연고』, 1826년

대보름 둥근 떡, 원소병

원소병元宵餠은 멥쌀로 둥글게 빚고, 달콤한 대추로 싸서 찐 다음

따뜻한 물에 넣어 먹는다. 대보름에 먹는 떡이므로 '원소병'이라 부른다. 도성의 민가와 시장 골목 어디라도 이 떡을 판다. 차와 탕을 파는 사람, 원소병을 파는 사람은 통을 어깨에 메고 소리치며 길거리를 다닌다. 음식을 팔 때면 각자 바리때·징·북·방울 등을 들고 소리를 내어 알린다. 그렇게 하면 듣는 이들은 무슨 음식을 파는지 곧 알게 되는 것이다.

풍로에 불피우니 찻주전자 소리 내고	風爐熾炭並茶鎗
북쪽 저자 남쪽 거리 통 메고 지나가네	北市南街荷桶行
게다가 보름에는 둥근 떡이 있구요	更有元宵團餠子
담장 끝엔 때때로 강정 파는 소리들	墻頭時送賣餳聲

_ 홍석모, 「황성백영」, 『유연고』, 1826년

한겨울에 온갖 과일

이곳에서 나는 배[梨]는 달걀보다 큰데, 매우 달며 씨가 없다. 산사 열매는 크기가 살구만 하고 벌레 먹은 곳 없이 깨끗하다. 불수감佛手柑 열매는 껍질이 유자처럼 노랗고 사람 손 모양과 비슷하다. 과일 하나에 7, 8개의 손가락 모양 과육이 달려 있어 '불수감'이라 한다. 대추는 조선에서 나는 것보다 크다. 열매는 두툼하며 씨는 더 작다. 사과, 능금, 포도, 귤, 유자, 감 등은 겨울에도 마치 새로 딴 것 같다. 수박도 싱싱하다.

제철 과일이 아닌데도 모두 상하지 않고 싱싱하니, 기르고 보관하는 방법이 신기할 뿐이다. 수박의 씨는 모두 검은색이며 크다. 별도로 보관했다가 저자에 쌓아 두고 팔거나 수레에 싣고 다니며 판다. 사람들이 항상 즐겨 찾는 먹거리다.

배, 감, 사과, 자두, 살구, 복숭아	梨柿楂瓜李杏棰
산사, 유자, 감귤과 청포도	樝榴柑橘碧葡萄
겨울 지나도 시장에서 파는 것은 방금 따온 듯	經冬市售如新摘
향기로운 과즙이 뚝뚝, 맛은 부드러워라	芳液津津味膩膏

_ 홍석모, 「황성백영」, 『유연고』, 1826년

3-4. 거리의 배우들

한족 배우의 설움

지나온 길에 배우들이 거처하는 희자옥戲子屋이 있었다. 건물은 매우 넓고 컸는데, 층층 누각을 지어 놓고 '광성루'라는 편액을 달아 놓았다. 누각의 사방에 채색 난간을 두르고 조각한 창을 달았으며, 누각의 위아래에 의자를 골고루 설치했다. 모두 공연[演戲]을 보는 사람들이 앉는 곳이었다.

배우들은 모여서 어떤 소설을 읽고 있었는데 곧 그들이 공연할 작품이었다. 또 각자 칼과 방망이를 갖고 뛰어오르며 부딪치고 찌르는 모양새를 했는데, 이 역시 그 공연을 연습하는 것이다.

누각 위에는 세 개의 소상塑像:진흙으로 만든 모형이 있었다. 앞에는 꽃과 과일, 종이꽃, 촛대 등을 죽 늘어놓았는데 아마도 배우들이 기도하는 곳인 듯했다. 문밖에는 공문을 붙여 놓았다. 가경

嘉慶황제 상기喪期가 이미 끝났으니 공연을 허락한다는 문서였다. 또 그 옆에 안내문을 달아 놓기를 '신년 ○월 ○일, 공연 ○반'이라 하였다. 대개 그 공연마다 각각 반이 있는데 이름하여 춘대반春台班, 천경반天慶班, 사희반四喜班, 경덕반慶德班이라 한다. 이와 같은 반들이 대략 10여 개나 된다.

배우들은 모두 무뢰배 출신이다. 음주나 도박을 일삼으며 쏘다니거나 가업을 잃어 사방에 의지할 곳 없는 이들이다. 이런 자들이 희자옥에 들어가게 되는 것이다. 그들은 거칠고 호탕하며 부잡스럽고 영악하다. 이곳 사람들은 노비들조차 배우를 짐승처럼 여겨서 함께 있는 것을 부끄러워한다. 우리나라로 보자면 산대 놀이패와 나례희儺禮戲에 속한 광대 무리와 비슷하다.

그러나 이들은 모두 한족漢族이며 만주족滿洲族은 한 명도 없다. 만주족 사람들은 모두 벼슬자리를 맡고 있어서 각자 고정된 수입이 있으므로 배우와 같이 천하고 험한 일을 할 필요가 없기 때문이다.

_ 이영득, 『연행잡록』, 1822년 12월 30일

비쌀수록 좋은 자리!

반천생가半天笙歌 편액은 어느 관청이려나 　　笙歌扁額是何曹

깃발 꽂힌 입구엔 위엄 있는 호위병들　　鹵簿新儀植羽旄
보아하니 광대의 환술幻術 도구 많기도 하지　　看取郭郎多幻器
누런 보로 싸놓은 것 사람의 키 높이네　　柘黃袱裹等身高

환술 공연을 하는 곳에는 반드시 '반천생가'半天笙歌: 오랫동안 음악을 연주한다는 뜻라는 편액을 달아 놓았다. 공연 장소가 넓은 관청과 맞먹는다. 사방으로 트인 층층 누각엔 수백 명이 앉을 수 있다. 좌석에는 모두 정해진 가격이 있는데, 좋은 자리냐 아니냐에 따라 금액이 정해진다. 우리 사신 일행이 반나절 관람하는 자리를 빌리는 값은 은 5~6냥 정도였다. 그러니 공연 한 번에 수백 사람이 쓰는 돈의 규모 또한 충분히 짐작된다.

_ **김진수**(金進洙), **『연경잡영』**(燕京雜詠), **1832년**

가련한 소년배우

비취 장식 꽂은 머리 한 떨기 연꽃 같아　　一朶芙蓉綰翠鬟
앵앵이도 연연이도 모두 무색하구나　　鶯鶯燕燕摠無顔
석류 치마 아래로 비단 버선발을 드니　　石榴裙底蹴羅襪
반달 같은 귀밑머리 귀고리가 흔들리네　　偃月鬢邊搖寶環

소설에서 호남자[好漢]라 일컫는 자들이 바로 지금의 소년 배우들이다. 세상의 예쁜 사내아이들을 사서 춤과 노래를 가르치면 그들의 몸값은 크게 올라 귀해진다. 신분 높은 귀족들은 이 아이들을 불러들여 하룻밤 함께 자는데, 대가가 몇백 금을 훌쩍 넘는다. 그러다 3, 4년이 지나 구레나룻과 턱수염이 거뭇거뭇해지면, 이들은 환술을 배워 사방을 떠돈다. 결국엔 평생 천한 신세를 벗어날 수 없는 것이다.

박제가는 이런 사연을 다음과 같이 읊었다.

천금으로 사랑을 사 버리더니	千金買行眷
가련한 그 아이를 마음대로 한다네	隨意可憐兒

_ 김진수, 『연경잡영』, 1832년

칼과 바늘을 삼키는 사나이

어떤 이는 대나무 바늘 몇 개를 양쪽 콧속에 넣었다가 조금 뒤 눈자위에서 한 개씩 꺼낸다. 손을 댈 때마다 하나씩 뽑아 상투에 꽂는데 두세 개이던 바늘이 수십 개가 된다.

또 달걀만 한 구리 방울을 삼키고는 가슴을 친다. 그러면 방울 소리가 가슴과 횡격막 사이에서 쩌렁거린다. 조금 뒤에 토해 낼 때는 격구에서 쳐올린 공이 공중에서 떨어지듯 뱉어 낸다.

칼을 삼키는 사나이도 있다. 웃옷을 다 벗고 상체를 드러낸 채 한 길 되는 장검을 거꾸로 들고 목구멍에 집어넣는다. 거의 칼자루까지 들어가니 그가 눈을 부릅뜨고 눈썹을 찡그린다. 이마에는 땀이 솟는다. 팔뚝을 펴고 엎드려 참을 수 없다는 표정을 짓다가 곧바로 천천히 칼을 뽑아냈다. 시뻘건 피가 칼자루에 그대로 묻어 있다. 구경하던 사람들은 얼굴빛이 창백해지는데, 칼을 삼킨 자는 입술에 묻은 피를 닦아내고 태연한 표정으로 몸을 일으킨다. 여러 가지 기교와 괴상한 기술들은 아무리 생각해도 방법을 알 길이 없다.

_ 홍석모, 「초오일관소견환희」(初五日館所見幻戲), 『유연고』, 1826년

쇠바늘 몇 웅큼을 모조리 삼키더니	金針數掬沒呑之
아프다고 소리치며 견디지 못하는 듯	叫苦呀呀不自支
다시 보니 한가롭게 턱 괴고 있다가	更看拄頤差少頃
실로 꿴 바늘을 하나하나 토해낸다	針針吐出貫絲絲

방금 갈아 살기 띤 곤오도昆吾刀로 춤추더니	發硎殺氣舞昆吾
고개 들어 목구멍에 칼자루까지 찔러 넣네	仰刺喉間盡柄無

조금씩 칼 빼내니 비릿한 핏빛인데 寸寸拔來腥血色
몸을 돌려 일어서선 입 벌리고 껄껄 웃네 回身起立笑掀鬚

_ 김진수, 『연경잡영』, 1832년

무엇을 위한 공연인가?

환술을 하는 사람은 불을 토하고 공을 굴린다. 스스로 사지를 묶었다가 풀어 버리며, 소와 말의 머리를 옮겨 바꾸어 달기도 한다. 이는 원래 서양 오랑캐 나라의 기예인데 한나라 말엽에 처음으로 천자의 조정으로 들어온 것이다.

물고기가 용으로 변하는 어룡희魚龍戲와 두 사람이 힘을 겨루는 각저희角觝戲는 모두 페르시아의 놀이이다. 한나라 무제武帝가 먼 지역의 오랑캐를 정복하고 나서는 그곳의 놀이를 들여와 구경하였다. 더구나 그 공연장 이름을 '평화와 안락'을 뜻하는 '평락관'平樂觀이라 고치고 스스로 자랑스럽게 여긴 것이다.

지금 사방에서 도적 떼가 그치지 않고 외적을 지키는 일이 시급한데도 이처럼 무익한 행사에 공을 들인다. 이를 과연 성대한 행사라 할 수 있을까?

_ 김직연, 『연사일록』, 1859년 1월 19일

3-5. 북경의 동물 공연

목욕하고 갓을 쓴 원숭이

사람처럼 찡그리고 웃으며 말도 알아들으니　效人嚬笑解人言
원숭이를 몰아 양에 태워 내달리게 잘도 한다　蹴猴騎羊善聚奔
애석하다! 의관이 그리도 쓸데가 없나　可惜衣冠無用地
놀이판 원숭이가 입고 벗게 만들다니　遊場脫着任猴孫

_ 이해응, 『계산기정』, 1803년 12월 25일

원숭이를 조련하는 이가 왔다기에, 삼사가 함께 부사의 방 앞 회랑 아래 모여 의자를 늘어놓고 앉았다. 놀이꾼[戲子]이 원숭이를 끌고 나오는데 얼굴이 사람과 비슷했다. 붉은 눈에 눈동자가 노랗고 세 살짜리 어린애처럼 키가 자았다. 그러나 노쇠해 보여 꼭 육십 된 늙은이 같아 보였다. 머리 위의 털은 덥수룩해 이마를 덮고 있어 모자를 쓴 듯했고, 털이 난 손발은 검고 수척했다. 빠르고 용맹하며 힘이 있었고, 날래고 조급하며 고집 세어 보였다. 붉은 옷에 검정색 바지를 입고 목에는 끈을 매었는데, 맨발로 빠르게 걸어왔다.

놀이꾼은 오른손에 끈을 쥐고 왼손으론 채찍을 들어 원숭이에게 재주를 부려 보라 하였다. 말을 듣지 않자 채찍질을 했다. 원숭이는 갑자기 채찍 끝을 잡더니 앞발을 모으고 우는 아이 모양새를 했다. 그제서야 놀이꾼은 웃으며 노여움을 풀고 때리기를 멈추었다.

구경꾼들이 둘러섰는데 수백 명은 됨직했다. 놀이꾼은 궤짝 하나와 쟁반 하나를 가져와 뜰에 놓아 두었다. 그러자 다른 한 사람이 작은 개 한 마리를 끌고 와 그 앞에 섰다. 그가 작은 북을 둥둥 치자 개가 북 치는 것을 힐끗힐끗 보더니 쟁반을 따라 빙빙 돌았다. 그러다 북소리를 듣고 고개를 숙여 주둥이로 쟁반을 미는데, 그것이 박자에 딱 들어맞았다. 놀이꾼이 잘했다고 칭찬하고 구경꾼의 웃음소리가 마당에 가득하자 원숭이는 갑자기 눈썹과 콧잔등을 찡그렸다. 그 표정이 서글픈 듯 노여운 듯했다. 별안간 개에게 다가와 때리려 하니, 개는 이미 눈치를 채고 순식간에 달아나 버렸다.

이윽고 놀이꾼은 원숭이에게 명령했다.

“머리를 조아리고 재주를 부려 보거라.”

원숭이는 그새 궤짝으로 가서 속에서 붉은 두건을 꺼내 쓰고 밤 한 톨을 꺼내 먹었다. 그러고는 삼사 앞으로 와 차례로 머리를 조아리더니 손발을 움직이며 춤을 추고 눈알을 굴리며 머리를 흔드는 것이었다. 갖은 추태를 다 떨어 차마 눈 뜨고 볼 수가 없었다. 그 옛날 당나라의 축흠명祝欽明 : 오경에 통달한 당나라의 학자이 잔치 자리에서 아첨하려고 팔풍무八風舞 : 음란하고 세속적인 춤를 추었다더니, 영락없이 그 꼴이다.

원숭이는 춤에 이어서 광대들이나 하는 놀음을 해 보였다. 순식간에 새처럼 가볍게 몸을 날리니 어지간한 광대들이 배워서 할 수 있는 기술이 아니었다. 조금 있다가 두건을 벗어서 궤짝 안에 넣더니 사각모자를 하나 꺼내 쓰고 다시 재주를 부렸다. 그 모자를 벗은 다음 몽기蒙倛 : 눈이 네 개인 악귀의 가면으로 바꿔 쓰고 또 한바탕 재주를 부렸다.

놀이꾼은 세 길이나 되는 장대를 세우고 그 위에서부터 긴 끈을 드리웠다. 그러자 원숭이가 끈을 잡고 날다람쥐처럼 빠르게 오르내렸다. 장대 끝에서 몸을 날리는가 하면 한 손으로 장대를 잡고 공중으로 몸을 던지기도 한다. 쳐다보던 구경꾼들은 아슬아슬해서 모골이 송연해졌다. 놀이꾼이 장대를 마구 흔들어대자 원숭이는 반쯤 공중에 매달려 빙글빙글 돌며 몸을 부르르 떨었다. 몹시 위험해 보였다. 한참 동안을 그렇게 하다가 그치자, 원숭이는 눈 깜짝할 사이에 평지에 서서 좌우를 둘러보았다. 마치 그 누구도 안중에 없는 오만방자한 모습이었다.

아! "원숭이를 목욕시키고 갓을 씌운다"*는 말이 바로 이것이구나. 인면수심으로 온갖 아양을 떨어 비웃음을 사는 자들과 이 원숭이가 도대체 무엇이 다르단 말인가!

_ 김직연, 『연사일록』, 1859년 1월 23일

코끼리 의장대

코끼리를 구경하는 것은 천하의 장관이다.

궁궐로 들어갈 무렵 한 작은 아이가 등 위에 앉아 채찍을 잡고 마음대로 부렸다. 아마도 코끼리를 기르고 조련하는 기술이 별도로 있나 보다.

코끼리가 상방象房 : 코끼리를 기르는 우리에 있을 때 구경꾼이 있으면 코로 피리와 꽹과리 소리를 내준다. 구경꾼이 돈을 주며 재주

* 『사기』 「항우본기」에서 나온 말이다. 초나라 항우가 진나라 궁궐을 불태우고 유방을 추방한 다음 금의환향(錦衣還鄕)한다며 큰소리칠 때 어떤 이가 "항우의 사람됨은 원숭이를 목욕시키고 갓을 씌운 것과 같다[沐猴而冠]"고 한 데서 유래하였다.

를 부리라 하면 코끼리는 곁눈질로 돈이 가득 찼는지 확인한다. 그런 뒤 코를 들고 고개 숙여 소리를 낸다.

코끼리는 성품이 온순해서 다른 동물처럼 크게 놀라지 않는다. 코끼리를 진상할 때 황제가 그 나라에 조서를 내린다. 그다음 코끼리가 사는 마을에 사람을 보내 코끼리 무리 앞에서 황제의 조서를 크게 읽어 준다. 듣고 있던 코끼리 중에 무릎을 꿇고 듣는 놈을 끈으로 묶어 끌고 와서 진상한다고 한다.

코끼리들은 매일 아침 자금성 오문의 좌우에 서 있다. 종과 채찍 소리가 울린 후에 관원들이 궁궐로 다 들어가면 코를 서로 교차하여 아무도 들어가지 못하게 한다. 그러다가 조회가 끝나면 평상시처럼 코를 내린다.

커다란 동물 으뜸가는 구경거리	有獸穹然聳衆觀
대야 같은 발에 집채가 움직이는 듯	動如巨屋蹄如盤
세 길의 코는 물건 잡기 편하고	鼻便取物竿三丈
상아는 양쪽의 검과 같이 몸을 방어하네	牙爲防身釰兩端
천자의 정원 상방에서 길들여져	天子苑中馴皁櫪
태화문 밖에서 천자의 수레 끈다	太和門外駕金鑾

웅장한 모습 곤양의 전투*를 떠올리니 雄姿想像昆陽戰
곰과 호랑이 표범에 비할 바 아니지 不啻熊羆虎豹桓

_ 홍석모, 「오문외견가로이상유작」(午門外見駕輅二象有作), 『유연고』, 1826년

재주는 곰이 부리고

곰의 크기는 송아지만 하고 털은 길며 순흑색이었다. 귀는 소처럼 생겼고, 얼굴은 개와 닮았다. 앞발은 사람의 손 모양과 비슷했다. 그러나 손가락이 짧아 반드시 두 발 사이에 물건을 끼워야만 들 수 있었다. 뒷발은 사람처럼 땅을 딛고 똑바로 일어설 수 있다.

곰 주인은 뜰 가운데에 쇠말뚝을 박고 곰을 쇠줄로 묶어 놓았다. 도망가는 것을 방비하기 위해서이다. 또 밥 한 그릇을 가져와서는 큰 숟갈로 한 덩이를 떠서 한 길 남짓 높이 들었다. 그 상태로 뜰을 따라 돌고 다른 한 사람은 징을 치며 주문을 외웠다. 그러자 곰은 일어서서 입을 벌리고 사람을 따라 달음질쳐 돈다.

* 곤양(昆陽)의 전투: 후한(後漢)때 왕망(王莽)의 군사가 곤양에서 왕풍(王風), 유수(劉秀) 등 후한의 군사와 싸울 적에 코끼리를 이용해서 싸웠다.

입에 이빨이 없는 것을 보면 아마 이빨을 뽑고 기른 모양이다.

곰은 두어 바퀴 돌다가 한 번 뛰어서 밥을 삼켰다. 곰 주인은 궤짝 속에서 갖가지 놀이 기구를 꺼내 벌여 놓은 다음 아까처럼 밥 한 숟갈을 들어올렸다. 곰은 두 앞발로 큰 나무토막을 움켜쥐고 돌았다. 제 머리에 이기도 하고 일어서서 뜰을 돌기도 하더니 뛰어올라 밥을 삼켰다. 곰 주인이 또 밥 숟갈을 들어 올렸다. 이번에는 곰이 모자를 가져다 스스로 머리에 쓰고 일어서서 뜰을 돌았다. 그러고는 뛰어올라 밥을 삼켰다. 곰 주인이 또 밥을 치켜들었다. 곰은 이에 맞춰 장난을 쳤다. 이렇게 대여섯 차례 하였는데 놀이는 다양했다. 뜰을 도는 걸음에도 박자와 속도가 각기 달랐다.

맨 마지막에는 곰이 큰 칼을 들고 둥글게 원을 그리며 춤을 추었다. 곤두박질을 네다섯 번 하더니 바닥에 반듯이 누워서 네 발로 칼을 놀리는 것이었다. 칼의 광채가 번개처럼 번쩍였다. 구경꾼들 모두가 그 재주를 칭찬하자 곰은 곧 칼을 던지고 일어나 앉았다. 주인은 돈을 받고 곰을 끌고 떠났다.

_ 김경선, 『연원직지』, 1833년 1월 21일

4부

연행의 팁, 정보의 힘

4-1. 마두배와 잘 지내면 연행이 편하다!

만능 해결사, 상판사 마두

상판사上判事 마두馬頭:수레를 몰며 잡일을 하는 수행원는 의주 지역 통사通事:통역을 맡은 벼슬아치 중에 두 명을 택하여 보낸다. 이들은 모두 중국어에 능통한 자들이다. 사행길에서 청나라 사람들과 소통해야 할 일이 있으면 주로 상판사 마두에게 부탁한다. 책문柵門을 통과하고 문서를 보내야 할 때도 역관들과 함께 보낸다. 청나라 관리들에게 예단을 줄 때면 종종 말썽이 생기는데 그때마다 이 사람이 해결사로 나선다. 탐문하여 조사해야 할 일이 있거나 예부禮部에 다녀오는 일도 온전히 이 사람 몫이다.

이뿐만이 아니다. 나루를 건너거나 험한 곳을 지나갈 때는 그가 먼저 역참으로 간다. 직접 배 주인을 기다린 뒤 흥정을 하고 배를 빌려 일행을 보호하려는 것이다.

북경의 명소를 방문하려면 으레 청심환과 부채 등을 준비했다가 이 사람을 시켜 상황을 적절히 조율하게 한다. 그러므로 상판사 마두의 지휘를 따르는 것이 무엇보다 중요하다. 아무리 훌륭한 장관이 있다 해도 이 사람에게 저지당하면 결국 아무런 구경도 못한다고 한다.

사신이 수레를 타고 출입할 경우에는 수레를 빌려 기다린다. 북경으로 들어가 숙소에 도착하면 미리 북경의 관료 명단[縉紳案]을 입수해서 정사와 부사, 서장관에게 드린다. 북경에 들어간 날부터 조선으로 돌아가는 날까지 매일 경보京報를 사서 정사, 부사, 서장관에게 드린다. 경보는 곧 조보朝報인데, 그날의 사건을 매일 인쇄하여 펴낸 작은 책자이다. 그가 사행 기간에 쓰는 일체의 비용은 의주 관아에서 받는데 남는 돈은 본인이 갖는다.

_ 권시형(權時亨), 『석단연기』(石端燕記), 1850년 12월 8일

눈치가 곧 능력이다

이번 사행길에 내가 데리고 간 하인 중에는 쓸 만한 자가 한 명도 없었다. 금동이와 성담이는 순박하지만 영리하지 못한 게 흠이었다.

다행히 나를 따르던 마두가 일행 중에서 가장 노련하고 성실

했다. 온순하며 공손했고 부지런했다. 그는 내게 지병이 있다는 것을 알고는 안타깝게 여겨서, 가는 내내 조심히 모셨다. 수레를 몰 때면 반드시 나에게 물었다.

"어르신, 평안하십니까?"

"괜찮구나."

"좋습니다. 좋아요"

조금이라도 내게 불편한 기색이 있으면 그의 말과 표정에는 곧바로 근심이 가득했다. 그러고는 말을 천천히 몰아서 몸과 마음을 편안히 해주었다. 역참에 들어갈 때마다 금동이와 성담이가 바로 따라 붙지 못하면 그 혼자 온갖 일을 알아서 했다. 수레의 모든 장비를 일일이 점검한 후에야 자신이 쉴 곳으로 갔다. 출발할 때도 마찬가지였다. 만 리 길 여행에 이보다 더한 행운은 없을 것이다.

_ 권시형, 『석단연기』, 1850년 12월 8일

사신보다 유능한 중국통들

최운태崔雲泰는 선천宣川: 평안북도에 있는 읍 출신의 마두이다. 연행사燕行使를 따라 북경까지 47번이나 다녀왔다. 거쳐 간 지역의 물정이며 잇속, 유명한 볼거리 등을 모조리 꿰고 있었다. 제아무리 노련한 역관들이라도 그를 당해 내지는 못했다.

사신들은 연행 길의 온갖 일을 꼭 운태에게 물었는데, 항상 그 자리에서 척척 대답하였다. 몇 해 전 그 공로로, 어느 사신이 어전御前에다 운태를 추천했다. 운태는 관직이 올라 변장邊將:하급 무관 직을 하사받았다.

내가 그를 직접 보니 나이는 들었으나 원기가 왕성했다. 그는 내게 북경에서 활약했던 경험을 들려주었는데 산천, 누대, 성곽과 궁궐, 시장, 상점, 정원, 화초, 금수禽獸, 진기한 물건들까지 익숙한 글을 외듯 줄줄 읊어 대는 것이었다. 둘러앉아 듣던 이들 모두가 눈이 휘둥그레지고 입이 딱 벌어졌다. 이번 연행 길이 처음인 사람들은 더욱 귀 기울였다.

_ 박사호(朴思浩), 『연계기정』(燕薊起程), 1828년 11월 18일

채윤귀蔡允貴는 의주 지역의 하인이다. 정사 홍석주洪奭周가 계해년1803에 사신 갈 때 마두로 함께 따라갔었다. 이번에는 상판사 마두가 되어 사행에 참여했다. 나이는 쉰 남짓인데 북경을 40여 차례나 다녀왔다. 사신 일행 가운데 누구보다 중국어를 잘했다. 들리는 소문에, 청나라 사람과 섞여서 말을 하면 그가 조선 사람인지 아무도 모를 만큼 능숙하다고 한다.

_ 한필교, 「문견잡지」, 『수사록』, 1831년

서자書者 마두사신의 숙소를 점검하는 마두 천석千石이 우리를 안심시켰다. 자신이 이미 18차례나 북경에 와봤으나 오늘 일정이 가장 편안했다고 한다. 어떤 해에는 통주通州에서 비를 만나 진창길이 되는 바람에 하루에 30~40리밖에 가지 못했다는 것이다. 결국 떠난 지 50여일 지나서야 간신히 책문柵門에 도착했다고 한다. 또 몇 년 전에는 40일 만에 책문에 도착했다. 날은 지체되고 도중에 양식은 모두 떨어져 고생이 이만저만 아니었다. 그러나 이번엔 겨울부터 봄까지 큰 비나 눈이 오지 않았고 또 얼음도 빨리 녹아 길이 막히는 근심거리가 없다고 하였다.

_ 이영득, 『연행잡록』, 1823년 2월 15일

4-2. 이것이 청나라 스타일

여인의 차림새

청나라 여인들이 입는 옷은 모두 남자의 옷과 별반 차이가 없다. 단지 옷소매가 조금 널찍하고 소매 깃에 새나 화초 무늬를 수놓은 경우가 있을 뿐이었다.

머리는 깎지 않고 쪽지어 높이 올렸으며 머리꾸미개는 제각각이었다. 그 모양새는 우리나라의 비녀와 비슷했다. 어른일수록 머리꾸미개를 많이 질러 넣었기 때문에 멀리서 보면 꼭 매미 날개 같았다. 머리 뒤에 꽂기도 하고, 가로로 세로로 꽂기도 해서 방법이 사람마다 달랐다. 여인이라면 하나같이 머리 가득 종이꽃을 꽂았다. 비록 늙어서 등이 굽고 머리는 파뿌리처럼 세었다 해도 반드시 분을 바르고 꽃을 꽂았다.

발에는 수놓은 가죽 신을 신었다. 이제 겨우 말을 배우기 시작한 아이들도 반드시 귀에 귀걸이를 달았는데, 마치 구슬을 꿴 것처럼 보였다.

우리나라의 선천宣川 서쪽 지방의 부녀자들은 모두 귀걸이를 하며 저고리를 청색으로 물들인다. 아마도 그 옛날 연燕나라 지방과 가까워 그곳 풍습에 영향을 받아 그런가 보다.

_ 조봉하(趙鳳夏), 「잡록」(雜錄), 『연계기략』(燕薊紀略), 1842년

남자들의 머리 모양과 수염

청나라 남자들은 20세 이전에 턱수염과 구레나룻을 모두 깎아 버린다. 25세 이후에는 구레나룻만 깎고 턱수염은 남겨 둔다. 30세를 넘으면 턱수염과 구레나룻을 모두 깎지 않는다. 다만 신분이 천한 자들은 다르다. 비록 6, 70세의 노인일지라도 거추장스럽다면서 그 턱수염과 구레나룻을 모두 깎아 버리는 경우가 종종 있다.

이곳 남자는 태어나자마자 머리를 깎는데 오직 한움큼의 털만 남겨 둔다. 남겨 둔 머리가 자라면 뒤통수에 땋아 늘어뜨리니 이것이 바로 변발辮髮이다. 비록 나이가 많은 자라도 등 뒤에서 보면 영락없이 우리나라 어린아이와 같다.

승려들은 변발을 하지 않고 모두 깎는다. 도사는 머리를 깎지

않고 묶어서 상투를 틀기도 하고 혹 산발한 채 다니기도 한다.

장가들지 않은 한족 남자는 머리를 두 가닥으로 땋아서 뒤로 늘어뜨리고, 장가들면 반드시 한 가닥으로 땋는데 만주족은 그렇지 않다고 한다. 그러나 내가 연행하면서 아직 두 가닥으로 땋은 변발은 보지 못했으니 정말 그러한지는 모르겠다.

_ 조봉하(趙鳳夏), 「잡록」(雜錄), 『연계기략』(燕薊紀略), 1842년

비단 신은 귀하고, 가죽신은 천하고

길 가는 나그네는 대부분 수레를 탔다. 말을 탄 사람은 적었으며, 걸어가는 사람도 더러 있었다. 말이나 나귀를 타고 다니는 자들은 신분이 천한 이들이었고, 걸어 다니는 자들은 천하면서도 가난한 이들이었다. 간혹 아이를 안고서 작은 나귀를 타고 가는 부녀자들도 있었다. 나귀를 타고 가는 자들은 검정 비단신을 신고, 걸어가는 자들은 푸른 가죽신을 신었으니, 여기서는 비단이 귀하고 가죽은 천한 것이다.

미투리나 짚신은 전혀 찾아볼 수 없었다. 이 때문에 세 사신의 가마꾼들이 가마를 내려놓고 쉴 때면 바꿔 신을 짚신 몇 켤레를 준비하고는 하는데, 마땅히 살 곳이 없어서이다. 어떤 이는 책문에서부터 푸른 가죽신을 사서 신고 가고, 어떤 이는 다 해진

검정 비단신을 사서 신기도 한다. 이는 짚신보다는 부드럽고 질겨 먼 길 가는 데에 편리하기 때문이리라.

그곳의 신발 모양은 코가 길고 바닥이 넓어 우리나라의 쌍비혜雙鼻鞋라고 하는 것과 비슷했으며, 역관 중에서도 이 신을 신고 있는 자들이 많았다.

_ 김직연, 『연사일록』, 1858년 11월 27일

4-3. 그들이 살고 있는 집

청나라의 가옥 제도는 건물을 세울 때 반드시 일자 모양으로 한다. 좌우로 구부러지거나 휘어진 곳이 없다. 양옆의 행랑[翼廊] 또한 일자 모양이다. 집집마다 건물이 서너 채 혹은 대여섯 채였다. 각 건물의 기둥이 7~8개 혹은 10여 개가 되는 것도 있어 집의 규모에 따라 달랐다. 대들보는 5개 혹은 7개였고 지붕은 모두 높았기에 처마에서 낙숫물이 떨어지면 마치 병에서 물을 쏟아내는 듯했다.

방의 칸칸마다 캉[炕]: 침상처럼 생긴 중국식 구들을 마주 보게 두었는데, 어떤 경우에는 하나만 있기도 하였다. 캉 아래에는 의자와 탁자를 하나 혹은 두 개 정도 놓아 두었다. 캉 위며 의자나 탁자에는 모직 담요가 깔려 있었는데 비단으로 장식된 것이었다. 시렁 위에는 다기茶器 몇 종과 문구류가 있었다. 이따금 화분이 몇 개 놓여 있었는데 어떤 것은 붉고 어떤 것은 흰색이었다. 어느

집을 막론하고 캉 위에는 반드시 크고 길쭉한 나무궤짝을 두었다. 그 위에는 이부자리가 놓여 있었다.

벽면에는 감실龕室 : 신주 등을 모셔 놓는 장이 있어서 관우關羽의 상이나 불상 또는 재물신 상을 안치했다. 양쪽 가장자리엔 꽃을 꽂은 화병이 있었고 그 앞에 향로가 놓였는데, 매달 초하루와 보름에는 반드시 향을 사르며 절을 올린다.

전신 거울, 시계, 어항, 새장 등 갖가지 진귀한 물건들이 저마다 흐트러짐 없이 자리하고 있었다. 그 중 몇 개는 매우 화려하여 말로는 표현할 수가 없다. 또 각종 도서가 찬란하게 벽면을 가득 채웠다. 들보 위나 벽 위에는 모두 붉은 종이가 붙어 있었는데 '복상길리'福祥吉利 등의 글자가 새겨져 있었으니, '복되고 상서로우며 길하고 이롭다'라는 뜻이다.

문 위에는 '새봄이 되면 응당 크게 길하고 이로우리라'[宜入新春大吉利]라는 일곱 글자가 많이 붙어 있었다. 바깥 문의 마주 보이는 곳에는 '문을 열면 기쁜 일을 보리라'는 뜻의 '개문견희'開門見喜 네 글자가 반드시 붙어 있었다. 대들보 안팎에도 모두 주련柱聯 : 기둥에 달아 놓는 문구을 달았는데 복을 빌거나 재물을 구하는 등의 구절이었다.

책문柵門 안에는 수십 집이 있었다. 조선 통관의 집은 모두 그 안에 있었으며 웅장하고 화려한 저택이었다. 이 지역은 구석진 변방인데도 이처럼 화려한데, 하물며 황성皇城 : 황제가 있는 도시, 북경은 어떠할까? 짐작이 가고도 남았다. 그러나 들어 보니, 규모와 제도는 서로 비슷하다고 한다.

세 사신이 머무는 숙소는 본래 각각 정해진 곳이 있기 마련이다. 우리가 묵던 숙소의 주인이 말했다.

"여기는 두 나라가 만나는 곳으로 부유한 상인들이 끊임없이 왕래하는 곳입니다. 때문에 각종 물건들이 산더미처럼 쌓여 있지요."

그러나 시장이 길가에 없었기에 내 눈으로 직접 볼 수는 없었다.

_ 김직연, 『연사일록』, 1858년 11월 27일

4-4. 하나의 나라, 다른 풍습

한족 여인의 자부심, 전족

한족 여자는 전족*을 하고 만주족 여자는 하지 않는다. 이러한 풍속이 언제부터 시작되었는지 자세히 알 수는 없다. 어린 여자아이가 4~5세가 되면 발을 천으로 감싸는데, 걸음걸이가 비틀비틀하여 마치 쓰러질 듯하다.

어떤 사람이 한번은 강남江南 선비와 필담하며 이렇게 물어보았다고 한다.

"이곳 부녀자들 전족에서 악취가 나서 가까이 갈 수 없다고

* 전족(纏足): 중국의 옛 풍습의 하나. 여자의 엄지발가락 이외의 발가락들을 어릴 때부터 발바닥 방향으로 접어 넣듯 힘껏 묶어 헝겊으로 동여매어 자라지 못하게 한 일이나 그런 발을 이른다.

하던데 정말 그러합니까?"

그러자 그 선비는 다음과 같이 대답했다.

"전족에는 반드시 향가루를 뿌리기 때문에 향내만 납니다."

_ 이해응, 『계산기정』, 1803년

내가 예전에 당나라 그림 가운데 미인도美人圖를 본 적이 있다. 그림 속 여인들은 모두 다 눈알이 희고 사팔뜨기여서 매우 괴이하게 여겼었다. 그런데 연행을 와서 보니 군뢰軍牢의 나팔 소리를 듣고 거리로 나온 여인들이 그와 비슷하지 않은가. 모두 전족을 한 채 되똑되똑 문 앞으로 걸어 나왔는데 쳐다보는 눈들이 전부 사팔뜨기였다. 열 명을 보면 열 명이 다 같은 모습이었다. 이전에 보았던 당나라 그림이 잘못된 게 아니었음을 알겠다.

_ 박사호, 『연계기정』, 1829년 2월 17일

만주족과 한족의 구별

만주족 남자들은 모두 크고 헌칠하게 생겼다. 아들을 일곱 명까지 낳은 사람이 많았으니, 그들의 왕운王運이 아직 쇠퇴하지 않은 듯하다.

만주족 사람들은 꾸미고 치장하는 일을 대수롭지 않게 여기므로 대부분 순박하고 진실되다. 그러나 중원을 차지한 지 이미 오랜 세월이 지났고 또 문교文敎를 숭상하면서 그 소박한 풍속이 점점 사라졌다.

한족 사람들은 대부분 경박하고 교활하며 속이기를 잘하는데 남쪽 지방 사람들일수록 더욱 심하다. 조정의 벼슬도 만주족과 함께 반반씩 차지했지만, 그들은 늘 나그네 같은 우울한 심정을 지니고 산다.

한족 여인들은 모두 분을 바르는데 만주족 여인은 바르지 않는다. 한족 여인은 발을 활처럼 만드는 전족을 하지만 만주족 여인은 그렇지 않다. 발을 활처럼 휘는 법은 남당南唐 이후주李後主의 궁녀 이요랑李窅娘에게서 시작되었다. 여자들이 어릴 때 발을 가죽이나 천으로 감아 놓으면 발등은 휘고 끝은 뾰족하게 변해 버린다. 이렇게 하는 이유는 남에게 잘 보이기 위해서라 한다.

귀고리, 팔찌, 머리꾸미개는 한족 여인과 만주족 여인이 모두 선호한다. 또 입술에만 붉은 연지를 발라서, 바라보면 마치 붉은 구슬을 머금은 것 같다. 한족 여인이든 만주족 여인이든 대부분 예쁘다. 산해관 밖에는 더욱 미인이 많다고 한다.

만주족 사람들은 모두 한어漢語 : 만주어가 아닌 중국어와 한문을 잘 구사하지만 한족 사람들은 만주어와 만주 문자에 능숙하지 못하다. 그러므로 궁궐이나 관청에서 기밀에 속한 일은 만주어를 사용하고, 황제에게 아뢰는 문서는 모두 만주 문자로 써서 번역한다.

시골에서는 만주족이건 한족이건 모두 한어를 쓰므로 만주족 후손들이라도 대부분 만주어를 이해하지 못한다. 황제는 이를 걱정하여 총명하고 슬기로운 어린 인재들을 뽑아서 영고탑寧古塔으로 보내 만주어를 배우게 한다고 한다.

_ 김경선, 「유관별록」, 『연원직지』, 1832년

만주족과 한족의 혼인 갈등

한족 사람들은 만주족 사람들과 혼인하는 것을 부끄럽게 여긴다. 그러나 개의치 않고 혼인하는 이들도 있기는 하다. 한족 아버지와 만주족 어머니 사이에서 태어난 자식을 오금조烏金朝라 하는데 이들은 한군漢軍에 소속시킨다.

청나라 조정에서는 처음에 한족 남자들의 머리를 변발로 바꾸게 하고 여인들의 전족도 금지시켰다. 그러나 따르는 여자가 하나도 없었다. 강희황제 초기에는 귀족의 한 집안을 참형하면서까지 그 명령을 내렸음에도 끝내 듣지 않았다.

결국엔 만주족과 한족이 서로 혼인하게 하는 법을 제정하고 또 어머니의 신분을 따르게 하였다. 어머니가 만약 만주족이면 딸은 전족하지 못하고 그 아들은 팔기군八旗軍에 소속시켰다. 오랜 세월 뒤에 이 같은 풍속이 자리 잡기를 바라서였다. 그러나 한족임을 자랑스러워 하는 자들은 오늘날까지도 절대 만주족과 혼인하지 않는다고 한다.

_ 이해응, 『계산기정』, 1803년

청나라는 한족에게 과거와 벼슬의 기회를 주되 요직은 주지 않는다. 또한 생업은 주되 혼인관계를 맺지 않는다. 중요한 직책과 높은 벼슬은 만주족이 아니면 하지 못하며 북경 안 요지의 땅은 만주족이 아니면 살 수 없다. 한족에게는 세금을 많이 거두고 부역을 무겁게 하면서 만주족에게는 세금을 적게 거두고 부역을 가볍게 한다. 이 모두가 군주가 공평하게 다스리는 정치가 아니니 인심이 어떻게 하나로 모아질 것이며 백성들 풍속이 어떻게 순박해지겠는가?

한족이 원한을 품은 지는 이미 오래되었다. 만일 명나라의 옛 명성을 위해 봉기할 자가 있다면 장차 천하가 메아리치듯 호응할 것이다. 그런데 수백 년 동안 적막하여 각라씨覺羅氏 : 청 황제의 성인 애신각라씨로 하여금 가만히 앉아 태평세월을 누리도록 하니 이 어찌 천명이 아니겠는가!

_ 김직연, 「문견잡기」, 『연사일록』, 1858년

4-5. 수레 타는 노하우

달려라 태평거

아침 일찍 수레를 타고 출발했다. 우리가 탄 수레는 바로 태평거太平車라고 하는 것이다. 높다란 바퀴가 허리까지 닿는데, 두 바퀴 사이에 가마를 앉혔다. 불룩하게 솟은 모양이 마치 둥근 집 같았다. 푸른 베와 검은 비단으로 장식했으며, 휘장 또한 똑같은 것으로 했다. 전면에 비단 주렴을 드리웠고 창에는 유리를 끼워 놓았다. 가마 안에는 세 사람이 앉을 수 있었다. 우두머리 역관 이하여도 대부분이 태평거를 탈 수 있기에, 사신 일행의 태평거는 거의 100대에 육박했다. 서장관이 타는 것은 관례대로 표범 가죽을 가마 위에 덮어 씌어 다른 태평거와 구별한다고 한다.

태평거는 나귀나 말 한 두 마리 혹은 세 마리에 멍에를 멘다. 내가 탄 것은 나귀 세 마리를 맨 것이었다. 가볍게 끌어 빨리 달리기 위해서다. 가마의 앞뒤로는 판자를 가로로 설치해서 앞에는 말몰이꾼이 앉고 뒤에는 물건을 싣는다.

말몰이꾼은 '칸처더'[看車的]라 부른다. 손에 긴 장대에 매단 채찍을 쥐고 있는데, 장대와 채찍은 둘 다 2길쯤 된다. 수레 앞에 높이 앉아서 혹 말이 힘을 쓰지 않으면 채찍을 한번 휘둘러 때린다. 그 소리가 번개처럼 빨라 산골짜기에 울린다.

수레를 타노라면 두려울 때도 있고 좋을 때도 있다. 길이 험하고 돌이 많으면 좌우로 요동쳐서 머리가 양쪽으로 부딪친다. 그러면 눈에서 번쩍번쩍 불이 나고 머리뼈가 부서질 듯한다. 덜커덩덜커덩 울리는 소리는 천둥처럼 시끄럽고, 온몸이 튀어 오를 때면 간담이 서늘해진다. 이보다 더 위태로울 수 있을까. 그러나 쭉 뻗은 대로를 만나면 채찍질 한 번에 쏜살같이 달리게 된다. 귓전에는 윙윙 바람이 일고 온 산이 달리는 듯 스쳐 간다. 별이 떨어지고 번개가 치는 것처럼 날 듯이 달려간다. 그 통쾌함이란 이루 말 할 수 없는 것이다.

_ 김직연, 『연사일록』, 1858년 11월 27일

정신을 쏙 빼놓는 수레꾼, 칸처더

청나라의 수레꾼은 온몸이 지저분하고 보기 흉하여 가까이 갈 수가 없다. 늘 수레 앞에 등을 보이고 앉는다. 어떨 때는 머리에 둥근 털모자를 쓰고 있는데, 우리나라의 휘항揮項:뒤가 길어서 목덜미와 뺨까지 감싼 털모자과 비슷한 모양이지만 위가 뾰족하여 투구처럼 생겼다. 몸에는 길게 늘어진 가죽 윗도리를 걸쳤다. 모두 살쾡이 털로 만들었는데 털이 바깥쪽으로 나오게끔 입고 있었다. 귀와 코에도 비단이나 털로 짠 가리개를 걸쳐 추위를 단단히 막았다. 그 모습이 꼭 귀신과 같아 학질말라리아 귀신이라도 그를 만나면 분명 30리 밖으로 달아나리라. 그러니 칸처더의 꼬락서니란 마음을 놀래키고 혼을 빼놓는 데에 그치지 않는다. 어디 피가 철철 흐르는 해골에만 비유되겠는가?

그들은 때때로 조선 사신단의 마두배馬頭輩:마부들과 중국말로 시끄럽게 떠들어댄다. 하지만 귀에만 웅성거릴 뿐 무슨 말을 하는 건지 도통 알아들을 수가 없다. 저들은 말하지만 나는 그 뜻을 알 수 없으니, 내가 말한다고 한들 저들이 어찌 알겠는가? 그저 멍하니 알아듣지 못한 채 입을 굳게 다물고 있어 귀머거리나 마찬가지다. 더구나 내 앞에 앉아 가로막고 있으니 얼굴을 보려 해도 볼 수가 없다. 이는 또한 귀머거리에 장님인 셈이다. 저들이 내 귀와 눈의 감각을 빼앗아 버린 것이다. 얼이 빠져 형체만 덩그렇게 남은 나를 희롱한다고 생각하니 도리어 우습기도 하였다.

_ 김직연, 『연사일록』, 1858년 11월 27일

'가오리'를 만나면 반드시 피해라!

날이 밝은 뒤에야 성문이 열려 서문 쪽으로 나왔다. 문 안쪽은 십자 거리였다. 모두 비스듬히 길게 이어진 골목으로, 시원하게 뻗은 대로보다는 못했다. 만일 수레 두 대가 서로 마주치게 되면 돌릴 만한 공간이 없기에, 우리 측 마두배들은 좋은 길을 만날 때마다 몽둥이를 들고 앞장서 인도했다.

그런데 이때 갑자기 장사 수레 수십 대를 만난 것이다. 마두배가 멀리서 소리쳤다.

"넓은 길을 좀 빌립시다, 빌려요! 뒤로 물러가시오, 물러들가!"

앞뒤에서 함께 소리치는 바람에 고함소리가 잇달았다. 그러나 좁고 구불구불한 골목길인 데다가 넓지 않아서 공간을 빌릴 수가 없었다. 또 뒤에도 수레가 연이어 있기에 뒤로 갈 수도 없었다. 마두배들이 몽둥이를 들고 치자, 말이 놀라서 안장에 맨 끈이 끊어졌다. 칸처더들은 당황하여 연달아 소리지르며 피해보려 했지만 손쓸 수 있는 형편이 아니었다.

내가 손을 저으며 말리고는 마두에게 수레를 돌리라 하여 잠시 피하게 했다. 우리 측은 수레가 하나이고 말이 작아 쉽게 피할 수 있기 때문이었다. 그러나 하인들은 이를 수치스러운 일로 여기고 일부러 듣지 못한 척하며 주먹으로 치고 발로 차댔다.

칸처더 역시 수레를 돌려 비키려 하지 않고 마치 승부를 겨루는 듯했다. 장사 수레는 어쩔 수 없이 뒤에서부터 조금씩 물렸는데, 대여섯 시간을 허비하고서야 비로소 갈 수 있었다.

저들이 이처럼 우리에게 관대한 데에는 이유가 있다. 우리를 다치게 하면 반드시 사형에 처해지며 용서받지 못하기 때문이다. 그러나 우리가 저들을 해치게 되면 비록 죽이더라도 불문에 부친다. 세 명쯤은 죽여야 비로소 그 목숨을 보상해 주니, 청나라 법이 본래 그러하다.

마두배와 짐꾼들은 기질이 매우 거칠어 청나라 사람들을 개돼지처럼 여길 뿐이니, 저들이 죽더라도 하소연할 수 없다는 것을 안다. 때문에 그들을 마주칠 때마다 업신여기며 희롱하는 것이다. 게다가 '왕빠즈'王八子라며 욕을 해대곤 한다. '왕빠'王八란 본래 '자라'[鼈]를 칭하는 말이다. 청나라에서 사람들이 화가 나 남을 탓할 때 쓰는 심한 욕이 바로 '왕빠즈'다. 그런데 지금 조선 마두배들은 만나기가 무섭게 욕설을 내뱉고 그것도 모자라 주먹으로 치고 발길질을 해댄다. 저들이 어찌 불쑥 화가 치밀지 않겠는가마는, 모두 웃으면서 편안히 받아들인다. 이것이 정말 우리를 두려워해서이겠는가? 청나라 법이 무서워서 그런 것이다.

저들이 길에서 우리 수레를 만나게 되면 이렇게 말한다.

"이들은 '가오리'高麗이니 건드리지 말아야 한다."

이에 서로 경계하고 조심스럽게 피한다. 중국말로 '고'高를 '가오'라 읽고, '려'麗를 '리'라 읽는 까닭에, 고려를 '가오리'로 부르는 것이다. 칸처더는 우리나라 수레를 모는 것을 영광으로 여긴다. 만약 삼사의 마부라도 되어 수레를 몰게 되면 기고만장하게 된다. 간혹 저들의 수레를 만나면 일부러 길을 다투며 "이는 가오리이다"라고 한다. 저들이 "대인사신을 이르는 말인가?"라고 물으면 반드시 "대인이다"라고 답하는데, 그러면 허둥지둥 길을 비키지 않음이 없으니, 칸처더의 풍습 또한 고달플 만하다.

_ 김직연, 『연사일록』, 1858년 12월 7일

4-6. 일출을 멋지게 감상하는 법

장엄한 탑산의 일출

탑산塔山에서 일출을 보기로 약속했다. 이미 주방에서는 새벽밥을 짓고 있었다. 군뢰가 첫번째로 부는 나팔 소리가 들리자, 나는임백연 일어나 앉아 세수를 했다. 닭은 아직 울기도 전이었다.

밥을 먹고 마두와 칸처더들을 불러 곧바로 수레를 채비했다. 서장관 어르신이 먼저 출발하고 내가 그 뒤를 따랐다. 이봉녕李鳳寧과 최헌수崔憲秀도 함께 나서니 등불이 서로 바라다보였다. 5리를 못 가서 동쪽 하늘이 점점 밝아왔다. 그러자 나는 마두들을 꾸짖으며 말했다.

"일출을 보자고 벌써 여러 날 전에 약속하지 않았느냐? 나는 새벽이 되기도 전에 일어나 앉았는데 너희들이 지체하는 바람에 때가 놓쳤구나. 이제 또 10리를 가야 하는데 탑산에 도착하면 해가 높이 뜨지 않겠느냐."

마두 차윤득車允得이 곁에서 웃으며 혼잣말을 했다.

"계획한 대로 탑산에 도착하더라도 한 식경은 기다려야 일출을 볼 수 있습니다요. 그동안 한데에 서 있어야 하니 그게 몹시 걱정입니다."

차윤득은 상판사 마두다. 여러 해 동안 중국을 제집인 듯 드나들었으니 잘못 헤아리는 일은 없을 것이다. 점차 별이 드물어지고 하늘빛이 밝아졌다. 왼편에 앉은 칸처더를 붙잡고 말했다.

"빨리 달리자."

그러자 그가 웃으며 천천히 대답하였다.

"천천히 달립시다."

잠시 후 그가 휘장을 걷고 수레 안으로 머리를 넣더니 낮은 목소리로 물었다.

"담배 있습니까?"

나도 천천히 대답하였다.

"그래, 많이 있다."

그는 즉시 곰방대를 뽑아 휘장 안으로 넣었다. 나 역시 낮은 소리로 말하였다.

"빨리 좀 달리자."

칸처더는 고개를 끄덕였다. 내가 담배를 한 움큼 가득 주자

그는 갑자기 기뻐하며 채찍으로 노새를 놀래켰다. 채찍 소리가 바위를 찢는 듯하였다. 쏜살같이 달려 탑산 아래에 도착하였다. 길 오른편엔 언덕 하나가 있었다. 그다지 높지 않고 앞에 큰 바다를 마주하였다. 여기부터 5, 6리쯤 되어 보였다.

이때, 해는 아직 뜨지 않았으나 하늘은 맑았다. 또 시간이 너무 일러서 바람도 불지 않았다. 산등성이에 줄지어 앉아 동쪽을 바라보니 바다 색깔이 한 필의 흰 비단 같았다. 약간의 떠도는 구름만이 담황빛 속에 있었다.

잠시 후 부사副使 어른과 정환표鄭煥杓 등 여러 사람과 초행인 역관들까지 모두 따라왔다. 어떤 이는 앉고 어떤 이는 서서 동쪽 하늘을 주시했다. 마두들이 산모퉁이 바다 가운데 작은 탄환만 한 점을 가리키며 말하였다.

"저것이 전횡도*입니다."

그 옛날 전횡田橫을 따라 자결했던 5백 명의 제나라 의사義士들. 그들의 자취가 발끝으로 서면 보일 것 같았다. 잠시 후 누런 햇무리가 퍼지고 붉은빛이 점점 요동쳤다. 짙은 안개가 엷게 걷

* 전횡도(田橫島) : 한(漢)나라 고조(高祖) 때 제(齊)나라 왕 전횡이 부하 5백 명과 함께 이 섬으로 들어가 저항하였는데, 전횡이 고조에게 항복하기 위해 낙양(洛陽)으로 가다가 자결하자 부하들도 모두 자결하였다.

히고 어둠은 점차 붉게 물들었다. 하늘과 바다가 서로 비추니 마음도 눈도 어지러웠다. 별안간 태양이 떠오르는 모습이 보였다. 사방으로 빛을 쏘아 댔다. 마치 반쯤 삼킨 옥을 토해 금빛 쟁반으로 받는 것 같았다. 쟁반의 형태는 일렁이며 늘었다 줄어들었다. 마치 수면의 연잎이 바람을 받아 말렸다가 펴지는 것 같았다. 어느새 붉은 해가 뛰쳐나오는데 고리 같은 옥이었다. 전체가 바다에서 떨어졌는데도 물속에 금빛 쟁반이 아직도 일렁였다. 위에서 오색 빛 상서로운 구름이 덮고 아래로 만경창파萬頃蒼波를 비추면서 점차 떠오르니 잠시도 눈을 뗄 수 없었다. 참으로 장관이었다.

_ 한필교, 「문견잡지」, 『수사록』, 1831년

해 뜨는 곳이면 어디든 좋으리

일출을 보기 위해 어스름한 저녁에 길을 떠나 산해관 근처의 청돈대青墩臺까지 6리를 갔다. 여기가 바로 바다의 일출로 유명한 곳이다. 그런데 동쪽을 바라보니 바다 위에 구름 기운이 하얗게 서려 있었다. 베를 누빈 것 같이 두텁게 하늘 끝까지 뻗어 가리고 있기에 서글픈 마음으로 길을 갔다.

조금 있다가 해바퀴가 올라오기 시작했다. 흰 옥으로 만든 소반 위에 둥글고 붉은 항아리를 받치고 나오는 듯했다. 아마도 해가 바다에서 떠오른 지 얼마 안 되어 구름 끝에서 토하듯 나오는 것이리라.

나는 산에서 사는 사람인지라 늘 해가 산에서 뜨는 것만 보았다. 그런데 지금 요동벌판을 달린 지 10여 일째임에도 벌판은 끝없이 광활하게 펼쳐져 있다. 큰 바다가 하늘에 닿아 있는 모습처럼 말이다. 매양 새벽에 길을 갈 때면 기운이 동쪽에서 비쳐들다가 어느 순간 붉은 해가 들판 너머에서 솟아오르는 것을 보게 된다. 그 해바퀴의 거대함과 햇살의 선명함이란 지금 바다에서 보는 해와 비교해도 전혀 뒤지지 않는다.

나는 비로소 일출을 보는 데에 정해진 장소가 없음을 알게 되었다. 바다에서 보는 자는 해가 바다에서 솟는다고 생각하고 산에서 보는 자는 해가 산에서 솟는다고 생각하며 들판에서 보는 자는 해가 들판에서 솟는다고 생각하는 것이다.

그렇기에 나는 일출을 보는 최적의 장소가 어떤 곳인지 알지 못하겠다.

_ 김직연, 『연사일록』, 1858년 12월 15일

4-7. 천하의 선비들이 책을 사는 곳

천만 권의 책, 문회루 서점

보국사에서 돌아오는 길에 유리창琉璃廠 책방에 들렀다. 한 곳을 골라 들어가니 문패에 '문회루'文會樓라고 적혀 있었다. 겹 추녀에 2층 정자들이 처마를 잇대고 있었다. 등마루는 40~50칸쯤 죽 통해 있었다. 곳곳에 무늬 넣은 창이며 조각한 문이 달려 있었다. 그 가운데에는 시렁을 사방으로 배치했다. 모두 문양을 새겨 옻칠한 상태였다.

시렁에는 고금의 서적을 쌓여 있었다. 천 만권은 족히 되어 보였다. 어떤 책은 설전지雪牋紙에 판각하였고 어떤 것은 진홍색 비단을 입혀 놓았다. 책갑은 무늬가 있는 비단이나 수놓은 비단을 썼고, 책갈피는 상아나 고래수염으로 만든 것이었다.

좌우를 둘러보면서 이리 돌고 저리 꺾어서 더 안으로 들어갔다. 소라껍질처럼 들어가면 들어갈수록 서적은 더욱 많았는데, 평생 이름을 들어보지 못한 것들 태반이었다. 이것이 어찌 혜시의 오거서*와 업후鄴侯의 일만 축**에 그칠 뿐이겠는가? 결국 막다른 곳에 이르러 출구를 찾으려 했지만, 서적들 틈 사이로 여러 길이 나 있어 어디로 나와야 할지를 몰랐다.

그곳의 서책 목록을 가져다가 보니 모두 여덟 권 한 상자인데, 한 행에 한 질씩 적어 두었으니 전체가 얼마가 되는지 헤아릴 수가 없다. 만약 다 읽으려면 몇 년이 걸려도 끝내지 못할 것이다.

_ 임백연, 『경오유연일록』, 1837년 1월 8일

잡서의 보고, 소유재 서점

큰길로 나가 서쪽을 따라 작은 골목길로 돌아서 갔다. 상점은 빽빽하게 늘어서 있었고 그 앞은 수레와 말들로 가득 찼다. 6~7리

* 혜시(惠施)의 오거서(五車書) : 많은 양의 서적을 뜻한다. 『장자』 「천하」(天下) 편에서 "혜시의 학술은 다방면에 걸쳐 있으며, 읽은 책이 다섯 수레나 된다"(惠施多方, 其書五車)라고 하였다.

** 업후(鄴侯)의 일만 축(軸) : 업후는 당나라 이필(李泌, 722~789)의 봉호이다. 그의 아버지 이승휴(李承休)가 2만여 권의 서책을 모아서 자손에게 물려주었다고 한다.

쯤 더 가서 유리창에 도착했다. 황금 편액과 단청을 칠한 기둥, 푸른 비단 창, 붉은 난간이 좌우로 마주보며 7~8리를 이어졌다. 그 길을 따라 선무문宣武門에 이르렀다. 온갖 물건이 가득 쌓여 있고 장인들은 각종 일에 종사하고 있었다. 말발굽과 수레바퀴가 베틀의 북처럼 자주 오갔다. 부딪치는 어깨와 스치는 옷깃은 담을 두른 듯 많았다.

서점에는 사방을 유랑하다 타향살이하는 선비와 현재 벼슬하는 이들로 북적였다. 우연히 동쪽 끝의 '소유재'小酉齋라는 서점에 들어갔다. 주인이 나와 맞이하는데, 나이가 매우 어려서 사랑스러웠다. 의자를 비우더니 우리에게 앉기를 권하고 차를 대접하였다. 벽에는 층층의 시렁으로 가득했다. 시렁마다 서적을 포개어 쌓았는데 각각 종이쪽지에 책 제목을 표시해 달아 두었다. 시험 삼아 한번 훑어보아도 몇 천 몇 백 종種인지 알 수 없었다. 그러나 쓸모없고 잡다한 책들이 많았다.

곁문을 따라 들어가니, 가옥은 깊숙하고 그윽했다. 이곳에도 벽마다 시렁을 놓았는데, 간혹 희귀한 종류의 거질巨帙이 있었지만 펼쳐 볼 겨를이 없었다.

되돌아 나와 앞길로 향했다. 늘어선 상점이 서로 이어졌다. 주인의 빈부貧富와 서적의 많고 적음은 달라도 서적을 보관하고 파는 방법은 대체로 똑같았다. 그러니 '서적이 모이는 곳'이라 부를 만하다. 또 금석문을 전문으로 모은 곳도 있고, 또 서화장축書畵障軸을 가득 걸어놓은 곳도 많았다.

_ 임백연, 『경오유연일록』, 1837년 1월 8일

4-8. 북경 최고의 안경점을 찾아라

왕경문 안경점

문성당文盛堂 서점에 갔다가 그 길로 왕경문王景文 안경점으로 향했다. 안경점의 이름은 '보감재'寶鑑齋였는데, 쌓아 놓은 안경이 1만 개나 되어 보였다. 유리창에 있는 안경 점포는 대략 9곳이다. 그 가운데 이 왕경문 안경점이 가장 유명하다.

나는 눈에 맞는 안경을 찾기 위해 이것저것 착용해 보았다. 그러나 끝내 안경을 안 쓰느니만 못했다. 내 나이가 젊고 눈이 밝았기 때문이었다. 내가 찾고자 한 안경은 나이와 상관없이 모두에게 맞는 안경이었던 것이다.

안경점의 주인인 왕경문이 말했다.

"안경이 있긴 합니다만, 사람마다 시력의 좋고 나쁨에 차이가 있으니 노인과 젊은이가 함께 쓸 수는 없지요. 노인의 눈에 적합한 것은 젊은이의 눈엔 적합지 않고, 젊은이의 눈에 적합한 것은 또 노인의 눈에 부적합합니다. 그러니 어찌 같은 안경으로 모두의 눈에 들어맞게 하겠습니까? 그런 이치는 없지요."

내가 물었다.

"귀하의 점포에 쌓아 놓은 안경 중 품질이 좋은 것은 값이 얼마입니까?"

그가 말했다.

"은화 3냥에 불과합니다."

왕경문은 그렇게 대답하고는 또 다음과 같이 말했다.

"저는 속이지 않기로 천하에 이름났습니다. 어찌 어르신을 속이겠습니까? 지금 여러 점포에서 좋은 제품이라면서 터무니없이 높은 가격을 요구하는 자들이 있습니다. 그런데 이는 모두 거짓말이니 그 말을 듣지 마십시오."

_ 이영득, 『연행잡록』, 1823년 1월 28일

4-9. 애주가들의 천국

이렇게 많은 술이!

점심을 먹은 후, 정양문을 나서서 정양교에 도착했다. '경화당'이라는 편액을 걸어 놓은 한 술집에 들어갔다. 안에는 붉게 칠한 큰 항아리 수십 개가 늘어서 있었고 항아리 겉면에는 각각 술 이름을 써 놓았다. 또 나무상자를 만들어 가운데에 간격을 두고 두 칸 혹은 서너 칸마다 술 뜨는 국자를 담았다. 술 담는 그릇들도 무수했는데 무게에 맞추어 크고 작음의 차이가 있었다.

1냥兩 : 무게 단위짜리 술 그릇에서부터 1근짜리까지 있었으며 크고 작은 술병들도 여럿 있었다. 만일 1냥짜리를 원하면 그에 맞는 국자로 술을 떠서 병에 담아 주었다. 1근이면 1근짜리 국자로 떴다. 술그릇 또한 그와 같은 방식이었다.

술은 각기 그 품질에 따라 값에도 차이가 있었다. 점포 안에는 술 이름을 죽 써서 걸어 놓았는데 다음과 같다. 구괴로玖瑰露, 불수로佛手露, 인진로茵蔯露, 연화백蓮花白, 오가피주五加皮酒, 삼령주蔘苓酒, 빈과로蘋果露, 상원홍狀元紅, 사국공史國公, 황련주黃連酒, 연령주延齡酒, 공병주貢餅酒, 사소주四消酒, 귀문주歸文酒, 사엽로沙葉露, 남로소주南路消酒, 법제비주法製比酒인데 대략 30여 종이어서 다 기록할 수 없었다. 모든 술은 발효시키거나 증류시켜 만들었다. 적색, 황색, 백색 세 가지 색이 있으며 맛은 전부 괜찮았다. 그 가운데 구괴로, 빈과로, 사국공 등 서너 종은 맛이 더욱 훌륭했다. 마시면 입이 상쾌해져서 배꼽 아래까지 직접 내려가니 이른바 청주종사*라 할 수 있다.

_ 이영득, 『연행잡록』, 1823년 1월 28일

백주白酒는 한 잔 값이 청나라 돈으로 5문文이었다. 진홍색 술을 마셨는데 그 맛이 달고 강렬해 아주 좋았다. 이름은 오가피주인데 한 잔 값이 7문이었다. 포도주는 맛이 상쾌하고 달콤하였는

* 청주종사(靑州從事): 술이 진하고 맛있다는 말이다. 진(晉)나라 환온(桓溫)이 술을 마실 때마다 품평을 시켰다. 주부(主簿)가 먼저 술을 맛보고는, 좋은 술에 대해서는 청주종사라 하고, 시원찮은 술에 대해서는 평원독우(平原督郵)라 했다. 청주에 제군(齊郡)이 있고 평원(平原)에 격현(鬲縣)이 있는 것에 빗대어, 좋은 술은 배꼽 아래에까지 이르고 나쁜 술은 그저 격막(膈膜) 근처까지만 간다는 뜻에서였다.

데, 한 잔 값이 20문이었다. 이른바 소흥주紹興酒라는 것은 소주가 아니라 빚어서 만든 술이다. 엷은 황색에 맛이 매우 담담하여 1만 잔을 마셔도 취하지 않는다. 귀한 손님이 와서 음식을 차려낼 땐 반드시 이 술을 내놓는다고 한다. 종일토록 주고받아도 실수가 없고, 또 이 술을 마시지 못하는 이가 없다는 점을 귀하게 여긴 까닭이다. 한 잔 값은 50문이었다.

술집이 있는 곳이라면 전부 유람할 만했다. 겹문의 층층 누각은 천 명의 사람 정도는 넉넉히 들일 만했고, 칸마다 의자와 높다란 탁자를 설치해서 술 마시며 기분 풀기에 아주 편리했다.

_ 이재흡(李在洽), 「주견제사」(主見諸事), 『부연일기』(赴燕日記), 1828년

만리타국 외상술

한 술장사는 관문 밖에 삿자리 집지금의 포장마차을 만들어 일행에게 술을 팔았는데, 하인배들은 모두 그 술집에 모여서 마셨다. 지금 곧 떠나려 함에 외상 술값을 정산하느라 일일이 찾아다니며 달라 했다. 그 장부 내용을 들어보니 모두 500냥이 넘었다 한다. 그러니 우리 일행이 얼마나 술을 좋아하는지 알 수 있다. 나와 이학李壆도 틈틈이 이 술집에서 술을 마셨는데 이 또한 10냥이나 되었다.

_ 이영득, 『연행잡록』, 1823년 2월 1일

주도(酒道)면밀한 사나이

책문의 술집에서 청나라 사람들이 모여 술 마시는 모습을 유심히 보았다. 술잔을 돌리며 홀짝거리더니 취해도 난잡하게 굴지 않고 매우 점잖았다.

내가한필교 여러 비장들을 돌아보며 이렇게 말했다.

"저런 식으로 술을 마시는 것이 가장 좋네. 자, 우리 함께 중국인의 아취雅趣를 배워보는 것은 어떠한가?"

"좋습니다."

마침내 우리는 다른 술집으로 옮겨 의자를 늘어놓고 앉았다. 그러고는 마두에게 술을 시키라 하였다. 놋쇠로 만든 잔, 살구처럼 작은 술잔을 모두 앞에 늘어놓고 돌려가며 마셨다. 이야기를 나누기도 하고 웃기도 하면서 홀짝홀짝 술잔을 기울이니 제법 한가한 맛은 있었다. 그러나 꼭 어른 흉내를 내는 아이마냥 어색하고 자연스럽지 못했다.

잔이 한 바퀴 채 돌기도 전에 술 잘 마시기로 소문난 조진구趙鎭龜 군이 한 잔을 마시고는 이렇게 말했다

"술맛이 매우 좋구나."

그러자 홍희진도 실컷 마시며 한마디 거들었다.

"맛은 담백하구려. 그런데 잔이 작아 혀를 적시지 못하니, 좋은 술인지 나쁜 술인지 도통 모르겠네."

역관 변지화도 단번에 술을 다 마시고는 말을 이었다.

"내 비록 술을 마실 줄은 모르지만 요만한 잔이라면 하루에 300잔은 충분히 마실 수 있겠소."

옆에 있던 양종우가 말했다.

"날이 이미 저물고 유람은 마치지 못했기에 그저 억지로 중국인들이 술 먹는 모습을 한번 흉내 냈을 뿐이오. 겉으로는 편안하고 한가로운 척했지만, 나는 뼛속까지 무사라서 이런 예법은 애시당초 몰랐소이다. 목구멍이 탈 때 술을 마시면 그만이오. 백 줄기 강물도 벌컥벌컥 들이킬 수 있는데, 어찌 이런 작은 잔을 쓴단 말이오? 도무지 우리나라의 주도酒道만 못하구려!"

양종우는 말을 마치자마자 잔을 던져 버리고 큰 술잔에 술을 부어 입에 모조리 털어 넣었다.

"아! 속이 다 통쾌하구나!"

그러자 앉아 있던 모든 이가 배꼽을 잡았다.

나는 웃으며 일어나 말했다.

"결국 좁은 나라의 성급한 습관을 그대로 드러내는군. 거칠고 발끈하는 성미를 그렇게 숨기지 못해서야 쓰나. 그러니 우리 풍속이 교화되기 어려운 것일세. 작은 일도 이와 같은데, 하물며 대의大義를 결정하는 일에는 어떠하겠는가?"

그러자 조군은 잘못했다며 다음과 같이 말했다.

"술이 입술에 닿자마자 그 기운이 제 밥통을 요동치게 하지 뭡니까? 그러다 보니 술자리 예절이 엄격하다는 사실을 잊고 저도 모르게 한 번에 잔을 다 비웠습니다. 제 잘못입니다! 제 잘못이구말구요!"

홍희진이 말했다.

"조군趙君이 하도 술맛이 좋다기에 저 역시 혹했지요. 처음엔 입술에 적셔 맛만 보려 했는데 어쩔 수 없이 다 마셔 버렸습니다. 부끄러운 일입니다! 부끄러운 일입니다!"

변지화도 웃으며 말했다.

"저는 술을 사랑하지도 않고 즐기지도 않습니다. 두 사람이 다 마셔 버리는 것을 보고는 작은 잔으로는 취하지 않으리란 생각에 덩달아 과하게 마셔 버렸습니다. 그만 깜빡하였습니다."

양종우가 말했다.

"술꾼들이란 본래 통이 커서 늘 큰 잔에 익숙한 법일세. 잔을 들어 입에 대면 그 향기가 솔솔 풍겨 오지. 조금씩 천천히 홀짝거리다가는 창자가 오그라들고 입이 말라 죽을 지경 간다군. 시원하게 큰 잔으로 한 잔 마셔 버리고 말지, 어찌 본성을 참아가며 억지로 청나라 주도酒道를 배우겠는가?"

내가 말했다.

"저들이 우리를 보고 비웃지 않겠는가?"

사익이 그 말을 듣자 이렇게 말하는 것이었다.

"저는 부끄러울 것이 없습니다."

서로 한바탕 웃고 돌아왔다.

_ 한필교, 『수사록』, 「문견잡지」, 1831년

5부

불안한 시대, 무너지는 청나라

5-1. 아편에 취한 나라

유혹의 늪, 아편

청나라 남방의 여러 성에서 상소하였다. 대략의 내용은 다음과 같다.

아편 담배를 엄히 금하기를 청하는 자가 매우 많아 황제의 명을 받들어 법으로 금하게 하였다. 그런데도 사서 먹는 자가 있다면 곤장 100대를 치고, 목에 칼을 씌워 그 죄상을 만천하에 알린다. 아편을 심고 파는 자들은 변방으로 보내 군역에 복무하도록 하자는 것이다.

아편 담배는 음란을 조장하는 독약이다. 며칠만 피게 되면 숨이 곧 끊어질 듯 다 죽어가는 사람도 정신을 맑게 해 수십 년 전 일까지 기억하게 만든다. 또 병든 늙은이조차 젊은 남자처럼 여자를 가까이 할 수 있게 된다.

그러나 피운 지 열흘 후면 정기가 짓무르고 녹아내려서 평소보다 상태는 악화된다고 한다.

_ 한필교, 『수사록』, 1831년 9월 22일

끝없는 화(禍)의 근원

아편 담배는 영국 오랑캐로부터 들어왔다. 검고 끈적거리는 것이 담배 진액과 같은데, 정기를 북돋고 총기를 좋게 한다고 전해진다. 때문에, 중국 사람들은 은화로 비싸게 사들여 온다.

주로 담뱃대를 사용하여 흡입하는데 하루에 서너 대만 피우고 그쳐야 한다. 그 한도를 조금 넘으면 정신을 잃고 질식하여 금방이라도 죽을 지경에 이른다.

매년 영국 선박으로 들어가는 은화는 점점 늘어나 수 만금에 달한다. 이에, 황제가 남쪽 변방에 칙서를 내려 교역을 단절하라 명하고 수입을 엄히 금했다.

몇 해 전 영국 오랑캐가 이러한 조치에 원한을 품고 트집을 잡았다. 급기야 전쟁을 일으키더니 지금까지 해결되지 않고 있다. 청나라 조정이 결국 강화를 허락해 예전처럼 무역을 하자 은 가격이 급등했다. 아편으로 천명天命을 거슬렀으니 훗날 끝없는 화禍의 근원이 될 것이다.

_ 심응지(沈應之), 『운연과안록』(雲煙過眼錄)(140칙), 1846년

내가 일기에서 말하고자 했던 것은 바로 아편 한 가지였다. 그러나 뜻대로 언급하지 못했다. 지금에 와서야 '아편이 나라를 그르치고 백성에게 해를 끼친다'는 사실을 간략히 말하고자 한다. 세상에서는 흔히 '몸을 망치는 길은 술과 여색보다 더한 것이 없다'고 하지만 아편은 술과 여색보다 몇만 배나 더 해롭다.

_ 권시형, 『석단연기』, 1851년 2월 4일

아편 중독자의 모습

책문을 통과한 후 역참에 들 적마다 청나라 마부들은 아편을 많이 피운다. 북경에 입성한 후에는 아편 피우는 자들이 없는 곳이 없다. 매번 그 사람들을 보면, 낯빛은 누렇고 맥이 없다. 묻지 않아도 아편을 피우는 이들임을 한눈에 알 수 있다.

_ 권시형, 『석단연기』, 1851년 2월 4일

덕모德謨라는 자는 봉황성의 큰 장사치이다. 재물이 몇 만금이나 되는데 아편을 복용한다. 그가 상점의 회계를 처리할 때면 아주 작은 액수라도 한 치의 오차가 없다. 또 10년이나 오래된 물건

이라도 장부를 사용할 필요 없이 정확히 짚어낸다. 이를 보고 사람들은 '아편의 힘'이라고 말하였다. 그러나 복용이 끝나면 누런 콧물을 줄줄 흘리고 얼굴은 수척하고 까매져서 오랜 병에 시달린 사람 같았다.

_ 심응지, 『운연과안록』(141칙), 1846년

폐하, 부디 아편을 금지해 주십시오

숙소에서 최근에 발행된 당보塘報 : 청나라 조정의 소식지를 빌려 보았다. 별로 볼 만한 것은 없고 주로 아편을 금한다는 소식뿐이었다. 기사 내용은 대략 이러하다.

어사 마광훈馬光勳이 병사들의 아편 복용을 엄히 금해 달라며 다음과 같이 주청했다.

"황제께서는 아편을 금지하는 교령을 여러 번 내리셨으나 여전히 단속되지 않고 있습니다. 오래된 습관에서 비롯된 것이지만, 실상은 각성各省의 관리들이 성심껏 감독하지 않은 데 그 이유가 있습니다.

요즘 들어 월성粤省 : 광동성과 민성閩省 : 복건성의 병사들 중 아편을 피우는 자가 많아졌습니다. 장교들 또한 아편을 피우는 자가 적지 않습니다. 서로가 못된 짓으로 이끌고 이를 예사로 여깁니다. 이들의 체력이 약해지고 업무가 해이해진 것은 주로 이 때문입니다.

국가는 병영을 설치하여 백성을 보호하고, 각 병영은 굳센 군사를 길러내야 합니다. 평상시에 백성들은 적을 경계하는 뜻을 품고, 유사시에 군사들은 방패와 성城이 되어 불의의 전쟁에 대비하게 해야 합니다. 이렇게 해야만 유비무환有備無患이 됩니다.

그런데 이 아편 때문에 변방의 수비는 유명무실하게 되었습니다. 한 성省에 쓸 만한 군사가 세 명도 못 되는 지경이니, 무슨 일을 도모할 수 있겠습니까?

민성과 월성에 이미 이런 풍조가 있으니, 다른 성들도 그럴까 염려됩니다. 각 성의 책임자들은 육군과 수군을 모두 단속하고, 병영의 수장들도 제각기 행실을 바르게 하여 옛 잘못을 되풀이 해서는 안 됩니다."

아편 담배는 서양에서 나온 것이다. 재배할 때 숫총각을 죽여 그 기름과 피를 양분으로 삼는다는 설이 있다. 또 어떤 이는 이렇게 말한다.

"양귀비를 약에 타서 달여 먹으면 사람의 정신이 선명해져 어릴 적 일까지 모두 떠오른다. 하지만 힘줄과 뼈가 느슨하게 풀어지고 기운과 피는 줄어들어 머지않아 죽는다. 이 때문에 나라에서는 여러 번 금지 시켰다. 그런데도 끝내 멈추지 않는다."

_ 김경선, 「유관록」(留館錄), 『연원직지』, 1833년 1월

5-2. 청의 균열, 그 시작

파산한 부잣집과 무엇이 다르랴

나는 작은 나라의 일개 서생으로 안목이 고루하고 식견도 좁다. 이번 사행에서 처음으로 대국의 인물을 보게 되니 마치 큰 바다를 처음 보듯 감탄하는 게 당연하다 생각했다.

하지만 내가 길가에서 본 풍경은 대부분 거칠고 퇴락한 것들이다. 백성들은 이리저리 떠돌고 허공에 솟은 누대도 무너진 채 보수되지 못하였다. 황성皇城 : 북경이 비록 번화하다고 말하지만 실제로는 텅 비어 파산한 부잣집 같았다. 오래되고 웅장한 저택들도 담장은 주저앉고 텅 비어 있었다. 아마도 몇 년 사이에 군대를 동원하고 해마다 흉년이 든 탓에 재정이 바닥나고 백성들이 궁핍해져 그런 것이리라.

_ 김직연, 『연사일록』, 1858년 12월 25일

도적의 창궐, 외세의 위협

청나라가 약해지면 외적이 쉽게 침략하니 이는 필연적인 이치이다. 영국군[英夷]은 청나라의 불안한 상황을 너무나 잘 안다. 때문에, 청나라 대신大臣을 붙잡아 억류하고 변방의 성홍콩을 빼앗아 차지하고 있다. 심지어 천진天津 근처까지 압박해 와 청나라 조정을 극도로 업신여긴다.

황제께서는 영국군을 물리칠 위엄을 보여 주고 군대에 이들을 정벌하라 명령한 뒤 사태를 바로잡아야 옳다. 그러나 조정의 논의는 여기까지 이르지 못하고 있다. 청의 군대가 저들을 대적하지 못할까 두려워해서이다.

영국군이 움직이면 곧장 천진까지 공격할 것이고, 불란서와 러시아 같은 나라 또한 그 뒤를 이어 쳐들어 올 것이다. 과연 조서詔書 한 장으로 대적할 수 있겠는가?

_ 김직연, 『연사일록』, 1858년 1월 2일

산동성 남쪽, 북경에서 1천 리 떨어진 조주潮州 지역 토적들이 요즘 다시 들끓는다고 한다. 이들이 끊임없이 소란을 피우자 북경에서는 군대를 보내 징벌한다는 소식이다.

태평천국군은 최근 더욱 창궐했다. 항주와 소주가 3월에 함락되어 총독인 화춘은 전사하고 장국량張國梁은 실종되었다. 옹동서翁同書와 증국번曾國藩이 교대로 출정했는데 승패 여부는 아직 듣지 못했다.

서양인들이 간혹 등주登州 지방에 상륙하여 개항을 요구하는가 하면 천진 근처를 왕래한다고 한다. 승격림심僧格林沁이 군대를 이끌고 천진에 주둔하며 방어하고 있다. 이뿐만이 아니다. 산해관에도 해적이 출몰한다. 청나라 조정이 이를 우려해 흑룡강과 길림 지역 몽골 병사들을 징발하여 번갈아 방어시켰다. 이렇게 한 지 이미 몇 년이 되었다고 한다.

_ 박제인, 『연사록』, 1860년 6월 23일

5-3. 생생한 청국 정세 보고서

청 황실의 비선실세, 몽고왕 승격림심

승격림심僧格林沁은 몽고 24부部의 왕이요, 승왕僧王이라 칭한다. 이와 같은 일화가 전한다.

승격림심은 본래 한족 출신으로 어려서 고아가 되었다.

어느 날 그의 모습을 본 자가 말했다.

"이 아이의 관상은 평범하지 않구나. 반드시 크고 귀하게 될 것이다."

이 말을 들은 몽고 사람이 그를 아들로 삼아 길렀다고 한다. 장성해서는 도광제道光帝의 매부가 되었다. 도광제의 병세가 위독해지자 황제의 종실들과 함께 함풍제 옹립에 힘써 공을 세웠다. 이로 인해 권력을 모두 쥐게 되었으니, 국가의 대소사는 승격림심이 결정하여 황제에게 보고한 뒤 시행된다. 그의 재주와 능력은 매우 뛰어나 조정에서 능가할 자가 없다고 한다.

도광제 때 목창아穆彰阿와 기영耆英이라는 자들이 권력을 빌미로 뇌물을 받고는 했는데, 그후로 조정에서는 뇌물을 주고받는 풍조가 끊이지 않았다. 함풍제 때 승격림심이 친왕들과 권세를 잡고 삼왕三王이라 불리며 옛 폐단을 점차 고쳐 나갔다. 하지만 뇌물 수수는 이미 조정의 고질병이 되어 버렸다. 관리들은 탐학을 일삼았고 백성들은 곤궁해져 급기야 반란을 일으켰다.

오직 승격림심만은 뇌물을 받지 않았다. 그는 늘 이렇게 말하곤 했다.

"국가가 존재한 후에야 집도 존재하는 법이다. 국가가 망하면 집 또한 망하는 것이다."

그러고는 자신의 재산을 털어 국가의 경비에 보태었다. 이로 인해 민심이 크게 안정되었으니 실로 한 시대의 영웅이라 할만하다.

그러나 지금, 그가 조정의 권세를 쥐고 있으면서도 관리들의 부정부패를 금하지 못해 천하를 위태롭게 만드는 까닭은 무엇인가?

_ 김직연, 「문견잡지」, 『연사일록』, 1858년

조선의 국왕께 보고드립니다

철종께 보고 드렸다.

"서양 오랑캐는 힘으로 화친의 조약을 맺게 하였고 외적들은 더욱 창궐하게 되었습니다. 심지어 황제는 북쪽으로 도망갔으니 천하는 혼란스러울 것이 분명합니다.

그러나 궁궐, 관청 시장, 마을은 전과 같이 편안했습니다. 군대 역시 성 밖의 포루에 주둔하며 매우 침착한 기색이었습니다. 도적들은 가까운 성省으로 달아나 방어할 여유가 있었습니다. 이는 모두 민심이 문란해지지 않고 조정의 대책 또한 미리미리 방비했기 때문입니다."

철종이 말씀하셨다.

"청나라가 서양 오랑캐와 화친의 조약을 맺은 것은 필시 그들이 군대로 협박했기 때문이리라. 이 모두 기독교를 포교하고 아편을 판매하려는 저들의 계략에서 나온 것이다."

또 보고 드렸다.

"지금의 근심거리에 대해서 두 가지 설이 있습니다.

하나는, 서양 오랑캐가 이미 황성에 가득해 그 여세를 몰아 동쪽을 침범할 가능성이 있다는 것입니다. 저는 그렇게 생각하지 않습니다. 그들의 목표는 무역입니다. 우리나라는 무역할 만한 재화나 보물이 없으니 어찌 경솔하게 남의 나라로 쳐들어가겠습니까? 다만 서양의 종교를 배우고 서양의 아편을 먹는 무리들이 몰래 길을 안내해 주면 오지 않으리라 확신할 수 없습니다.

다른 하나는, 태평천국군들이 이미 북경 인근 지방까지 침범했으니 우리나라 서부 변방도 혼란할 우려가 있다는 것입니다. 저는 그렇게 생각하지 않습니다. 황성은 견고하게 근본을 지키고 요동과 심양은 방어를 튼튼히 하고 있는데 어찌 가볍게 돌파하고 쳐들어 올 수 있겠습니까? 다만 변경 안팎으로 서로 왕래하고 호응하는 무리가 생기면 역시 아무 일이 없다고 보장할 수 없을 뿐입니다.

그렇다면 우려할 만한 것은 국내에 있지, 외적에 있지 않습니다. 지금의 계략으로는 사전에 동요할 필요는 없으나 전혀 변경하지 않는 것도 불가합니다. 너무 급하거나 너무 천천히만 하지 않으면 됩니다. 국경의 방어를 엄중히 하고 무기를 수선하여 우리나라 백성들이 믿고 의지하게끔 해준다면 천하가 비록 어지럽더라도 국내는 저절로 안전할 수 있습니다."

_ 신석우(申錫愚), 「복명연주」(復命筵奏), 『입연기』(入燕記), 1860년

5-4. 청나라 선비와 난세를 논하다

동병상련의 처지

진복수는 붓을 잡고 서장관 이건창李建昌에게 질문했다.

"귀국에서는 병인양요丙寅洋擾 때 방어를 잘했기에 서양 오랑캐가 다시는 방자하게 굴지 못했으니 이를 매우 흠모하고 있습니다. 우리 중국은 몇 년 전에 문종 황제께서 적지 않게 모욕을 당했습니다. 비분강개한 마음이 아직도 가슴속에 절절하지요."

이건창은 대답했다.

"우리나라 땅의 형세가 험하고 수비가 견고합니다. 백성들이 일치단결하고 대단한 역량을 발휘했으니 비록 외적의 침략이 있어도 깊이 들어가지 못할 뿐 아니라 오래 머무를 수도 없습니다. 그래서 따로 방어하지 않아도 저절로 탕평할 수 있습니다."

_ 심이택(沈履澤), 『연행록』, 1875년 1월 11일

대국의 걱정거린 전쟁에 있는 게 아니오

내가 방소동方小東에게 물었다.

"중국은 왜 이리도 심하게 재물이 탕진되고 백성이 곤궁해졌습니까? 전표錢票니, 은표銀票니, 납천鑞泉이니, 대천大泉이니 하는 것들은 모두 민심을 동요시키기 때문입니다. 천화泉貨라는 화폐제도는 북경 100리 안에서만 행해지고 조림장棗林莊 밖에만 해도 통하지가 않습니다. 이는 백성들이 제도를 따르지 않은 것입니다.

지금 귀국청나라은 조정과 여항閭巷 모두 기강이 없습니다. 기강이란 천하를 다스리는 제일의 법술法術입니다. 유독 천하를 다스리는 데에만 그렇겠습니까? 한 집안에는 한 집안의 기강이 있으며 한 나라에는 한 나라의 기강이 있는 법입니다. 지금 청나라는 땅을 쓸어 버리듯 기강이 없어지고 온갖 법도가 해이해졌습니다. 이렇고서 어떻게 천하를 다스리겠습니까?"

방소동이 대답했다.

"군비과 하수 시설에 쓰이는 지출은 끊임없이 계속되지만, 조정에 바쳐지는 외국의 예물은 줄고 조운漕運 또한 정지되는 경우가 많습니다. 그러니 재물이 어찌 탕진되지 않겠습니까?

우리나라 기강이 무너진 사실을 존형께서는 또 어찌 그리 잘

아십니까?"

"나는 국정을 엿보기 위해 사행 온 것은 아닙니다. 하지만 아무리 어리석고 천박한 식견일지라도 이런 것쯤이야 어찌 모르겠습니까? 나는 그저 현재의 상황을 말한 것뿐입니다. 본래 황제께서는 조선 삼사신에게 특별한 선물을 내려 예우해 왔습니다. 그런데 하사한 물건은 온데간데없고, '은혜로운 하사품을 잘 받았다'고 거짓으로 진주문陳奏文을 꾸미게 합니다. 황제께서 내려준 물품을 예부禮部에게 도둑맞지 않았다면 반드시 통사通事에게 도둑맞은 것입니다. 대국으로서 이런 짓을 하니 어찌 한심하지 않습니까?"

그러자 소동은 감탄하며 말했다.

"이 나라의 사정을 잘 보셨소. 거참 잘도 엿보았구려!"

내가 말했다.

"대국의 걱정거리는 전쟁에 있는 게 아니고 바로 이런 데 있습니다."

_ 서경순, 『몽경당일사』, 1855년 12월 19일

5-5. 힘을 잃은 황제의 도시

황량한 북경

청나라 도처에 떠도는 거지들이 매우 많은데 북경이 더욱 심하다. 직례성直隸省과 성경盛京은 북경과 가까운 곳이자 나라의 근간을 이루는 지역이다. 그러니 더욱더 구휼에 신경써야 한다. 청나라 19성省 중에 적들의 난리를 겪지 않은 곳도 몇 군데 있다. 사천성과 섬서성 등이 그러하다. 그러나 현재 청 조정은 이 지역을 안정시킬 비용을 감당하지 못한다. 직례성과 성경 또한 난리를 겪지 않았지만 5년 동안이나 흉년이 들었다. 아마도 하늘이 군주의 불미함을 싫어하여 백성들이 그렇게 고통받나 보다.

몽고, 찰합, 길림, 흑룡 등의 지역은 천하의 정예 병사들이 나오는 곳이다. 특히 몽고 장군 승격림심僧格林沁은 이 시대의 대표적인 영웅이다. 영웅의 재주를 지닌 데다 용맹한 군사까지 거느리고 있으니 계획을 세우면 성공할 것이요 싸움을 벌이면 승리할 것이다. 청 황제는 그에 의지해 편안해하고, 백성들은 우러러보며 마음을 안정한다. 여러 해 동안 큰 흉년을 겪어도 그나마 보전되고 다른 근심이 없는 이유가 여기에 있다.

_ 김직연, 「문견잡지」, 『연사일록』, 1858년

심양의 행궁도 쓸쓸해지고

난하행궁灤河行宮은 청나라 황제가 심양에 행차할 때 머물러 쉬던 곳이다. 높다란 궁전과 웅장한 황실의 규모가 대략 갖추어져 있다. 복도가 빙 둘러 있고 별관은 아름답게 장식했으며 창과 문은 조각되어 있었다.

돌이켜보면 행궁이 화려하던 초기에는 황금빛과 푸른빛이 사람의 눈과 마음을 환하게 비췄을 것이지만 지금은 모두 검게 변하고 말았다. 창과 문은 부서지고 처마와 지붕도 무너져 금빛은 군데군데 벗겨져 있었다. 무너진 담장과 벽이 지독히 을씨년스럽고 슬프게 보인다.

청나라 황제는 도광道光 연간1821~1850 이후로 다시는 심양에 행차하지 않았다. 그 이후로 행궁들은 아무도 돌보지 않아 무너져 있었다. 강녀묘姜女廟 옆 행궁 또한 전부 무너졌다. 그 행궁들을 수리하자면 공사 비용이 많이 들겠지만 지금 청나라 형세로는 마음 쓸 겨를이 없을 것이다. 청나라의 사정이 쇠퇴하였음은 여기에서도 볼 수 있다.

_ 신석우, 「난하행궁기」(灤河行宮記), 『입연기』, 1860년

번화했던 산해관은 어디로

이번 사행길에 지나오면서 제가 본 바로는 산해관 안과 밖의 농사 형편이 같지 않았습니다. 산해관 안이 조금 낫긴 합니다. 그러나 산해관 밖은 3~4년 이래 가뭄이 너무 심했습니다. 겨울에는 눈이 안 내리고 여름에는 겨우 호미질 할 만큼 적은 비도 드물었습니다.

다만 이곳은 논이 적고 밭이 많아 농사 짓는 이들은 수수를 위주로 심었기에 간신히 굶주림만 면하고 있습니다. 그러나 여전히 황급한 형편입니다. 이런 틈에 도적떼들이 무리지어 칼이나 창을 들고 패악을 일삼습니다. 행인을 겁탈하고 마을을 불사르며 노략질을 자행합니다. 비록 관아에서 잡아들이고 있으나 아직까지 깨끗이 소탕하진 못하고 있습니다.

지금도 수개월간 비가 내리지 않습니다. 지난 12월 12일에 한 자 남짓 눈이 온 뒤로는 계속 가물어서 마른 흙의 깊이가 한 자

가량 됩니다. 이런 상황이니 봄에 밭가는 것도 이미 늦었다고 탄식하고 있사옵니다.

_ 김직연, 「문견사건」(聞見事件), 『연사일록』, 1859년

한산해진 통주

통주는 북경에서 50리 떨어져 있고 남쪽으로 노하潞河와 통하므로 수레와 배들이 모이는 곳이다. 번성함이 북경 다음이라, 밤이면 언제나 등불을 벌여 시장을 연다. 오색의 유리등은 등 색깔에 맞추어 초를 태웠다. 네모나고 얇은 비단 초롱은 그 모양이 갖가지 였다. 산수, 누대, 인물, 초충草蟲을 비단에 그려 넣었다. 쌍쌍이 짝을 이뤄 나란히 점포에 걸어두면 대낮처럼 환하게 빛이 났다. 여기는 바로 그런 곳이었다.

영국 오랑캐의 난제2차 아편전쟁이 일어났을 때 통주가 먼저 공격을 당하기는 했으나 노략질과 방화의 피해는 없었으므 시장은 옛날 그대로 남았다. 도망가서 흩어졌던 백성들이 근래에 다시 모여 차차 시장을 열고 있다. 하지만 아직 문을 닫은 가게가 많아 낮에 보는 광경은 매우 쓸쓸하다. 어두워진 후에 나가 보니 길 양편에 등을 달아 놓은 집이 열에 두셋밖에 안 되었다. 그래도 처음 보는 이라면 한번 구경할 만하다.

노하의 배와 통주의 등불은 이제 볼거리도 못 되지만 그래도 기록하는 이유는 따로 있다. 아무리 번화한 곳이라도 쇠하는 때가 있는 법인데, 내가 온 이 시점이 바로 그러하기 때문이다.

_ 신석우, 「통주야시기」(通州夜市記), 『입연기』, 1860년

『낭송 19세기 연행록』에 실린 연행록 목록

※아래는 이 책에서 가려 뽑은 글들이 실린 연행록에 대한 설명으로 풀어 읽은이가 작성한 것입니다. 연행록 작성 연도가 빠른 순서대로 실었습니다. 설명 끝 화살표(⇨) 뒤의 숫자는 해당 연행록이 등장하는 이 책의 쪽수입니다.

1. 이해응(李海應, 1775~1825), 『계산기정』(薊山紀程), 1803

『계산기정』은 이해응이 1803년 동지사(冬至使)의 서장관이었던 서장보(徐長輔)의 반당(伴倘: 중국에 가던 사신이 자비로 데리고 가던 종자) 자격으로 수행하여 연행한 기록이다. 1803년 10월 21일 출발하여 1804년 3월 25일 돌아올 때까지 노정에서 견문한 청나라의 문물, 풍속, 산천, 이동 거리 등을 요약 정리한 후 관련한 소재를 시(詩)로서 마무리하는 형식을 취했다. 김창업의 『노가재연행일기』의 맥을 이을 만한 상세한 정보가 담겨 있어 19세기 중·후반 연행록의 참고서 같은 역할을 했다. 본서에서 인용한 연행록 가운데 가장 이른 시기의 텍스트이다. ⇨ 44, 112, 133, 136

2. 김선민(金善民, 1772~1813), 『관연록』(觀燕錄), 1804

『관연록』은 1804년 동지사 정사인 김사목(金思穆)의 반당 자격으로 연행에 참여한 김선민의 기록이다. 날짜별로 기술하는 '일록'(日錄) 형태를 취했으며 여정과 견문을 산문과 시로서 균형감 있게 구성하였다. 관연(觀燕)은 '연경(燕京, 북경)을 관찰한 기록'이라는 뜻이다. 그가 목격한 중국의 산천과 도

성, 마을, 거리 풍경, 누대 등의 아름다움과 이국의 인물들까지 세심하게 정리되어 있다. ⇨ 62

3. 이영득(李永得, ?~?), 『연행잡록』(燕行雜錄), 1823

『연행잡록』은 이영득이 1822년 동지겸사은사(冬至兼謝恩使) 서장관이었던 서유소(徐有素)의 반당 자격으로 연행한 기록이다. 1822년 10월 20일에 출발, 1823년 2월 22일에 도착할 때까지의 견문을 상세히 기록하고 부록으로 중국과 외국의 지리지를 정리하여 실었다. 총 16권 16책의 방대한 분량이다. 이 외에도 중국 역대 문인의 시문(詩文)과 시평(詩評)까지 겸한 것이 특징이다. 날짜별로 기록한 일록(日錄)과 각종 정보를 잡문으로 기록한 잡록(雜錄) 형식을 취했다. ⇨ 26, 27, 29, 30, 31, 72, 106, 124, 153, 155, 157

4. 홍석모(洪錫謨, 1781~1857), 『유연고』(遊燕稿), 1826

『유연고』는 홍석모가 1826년 동지사 정사였던 부친 홍희준(洪羲俊)을 자제군관(子弟軍官) 자격으로 수행하면서 노정의 견문을 한시로 기록한 연행시집(燕行詩集)이다. 1826년 10월 27일에 출발, 1827년 4월 20일 도착할 때까지의 여정을 시로 담아 냈다. 시가 주된 내용이지만, 상세한 설명을 산문 형태의 주로 첨가하여 효과적으로 정보를 전달하고 있다. 청나라의 시장 경제 및 민간의 일상, 도회의 번화함 등을 잘 포착하여 한시로 아름답게 형상화 한 점이 특징이다. ⇨ 35, 45, 95, 97, 99, 100, 102, 103, 104, 109, 117

5. 박사호(朴思浩, 1784~1854), 『연계기정』(燕薊紀程), 1828

『연계기정』은 박사호가 1828년 사은겸동지사 정사였던 홍기섭(洪起燮)의 군관으로 연행한 기록이다. 1828년 10월 25일 서울을 출발, 1829년 4월 4일 복명할 때까지 여정에서 견문한 바를 일기 형식으로 기술했다. 연행 도중 거쳐 온 지방의 연혁이나 고사, 고적, 인심, 풍속, 인물, 산천, 승경 등을 자세히 묘사한 후 자신의 논평을 첨가하는 방식을 취했다. 이전 연행기록들을 많이

참고하였는데 김창업의 『노가재연행일기』와 박지원의 『열하일기』를 주로 인용하였다. ⇨ 123, 133

6. 이재흡(李在洽, ?~?), 『부연일기』(赴燕日記), 1828

『부연일기』는 이재흡이 1828년 정사의 신분으로 연행한 기록이다. 1828년 4월 13일에 출발하여 1828년 10월 4일 도착할 때까지의 견문을 담아냈다. 북경까지 왕복하면서 소요되는 시간과 이동 거리, 날짜별로 정리한 일기, 여러 명승지에 대한 기록, 국서(國書)와 같은 공문서에 대해 각 항목을 나누어 기술했다. 특히 한양에서 북경까지의 꼼꼼한 노정 정보가 특징적이다. 이 외에 청나라 지식인들과의 필담도 주목할 만하다. ⇨ 156

7. 조수삼(趙秀三, 1762~1849), 「황명실록가」(皇明實錄歌), 1829

조수삼은 1829년 동지겸사은사 서장관이었던 조병귀(趙秉龜)의 반당으로 연행에 참여했다. 본서에서 인용한 조수삼의 「황명실록가」는 본격적인 연행 기록물은 아니다. 조선 후기 중인이었던 조수삼은 일생에 총 6번의 연행을 경험했으며 「황명실록가」는 그의 마지막 연행이 있었던 1829년의 일을 소재로 한 연행시이다. 1829년의 연행 노정 체험을 모두 시로 남겼는데 「황명실록가」를 비롯한 다른 연행시들은 모두 『추재시고』(秋齋詩稿)에 실려 있다. ⇨ 74

8. 한필교(韓弼敎, 1807~1878), 『수사록』(隨槎錄), 1831

『수사록』은 한필교가 1831년 사은사(謝恩使)의 정사였던 홍석주(洪奭周)의 수행원 자격으로 연행한 기록이다. 1831년 7월 22일 출발하여 그해 12월 11일 돌아오기까지의 여정을 일록, 수필, 총록(叢錄) 등의 다양한 형태로 기술했다. 여정에서 견문한 이국 체험과 자잘한 신변잡기 등은 기행문의 형식으로 담아 내고 중국의 풍속과 제도는 30조목으로 일목요연하게 나누어 정리했다. 또한 청나라 지식인들과 나눈 필담도 별도로 정리해 한중 지식 교류의 정황을 파악하는 데 큰 도움이 된다. ⇨ 22, 25, 48, 70, 85, 123, 146, 160, 163

9. 김진수(金進洙 1797~1865), 『연경잡영』(燕京雜詠), 1832

『연경잡영』은 김진수가 1832년 동지겸사은사의 군관(軍官) 자격으로 참여한 후 지은 연행시집이다. 김진수의 연행시는 총 314수로, 연경 풍물을 소재로 다루었다. 자신의 시에 산문으로 상세하게 주를 붙이고 다른 이의 평(評)까지 겸하여 문학작품으로서 손색이 없는 자료이다. 『연경잡영』은 그가 연행 당시 쓴 저작이 아니라, 귀국 후 10년 넘게 공을 들여 완성한 득의작이다. '연경잡영'은 '연경의 풍물을 읊은 시'라는 뜻이다. 때문에 묘사 대상의 범주를 '연경'으로 한정해 놓은 듯하지만, 청나라의 풍물은 물론 교육·서책 등 문화의 디테일한 부분까지 다룬 기록이다. ⇨ 107, 108, 110

10. 김경선(金景善, 1788~1853), 『연원직지』(燕轅直指), 1832

『연원직지』는 김경선이 1832년 동지겸사은사의 서장관으로 연행한 기록이다. 연행 도중 매일의 정황을 일기 형식으로 기술하고 유명한 산천, 사당, 사찰, 제도 등은 별도로 부기(附記)하고 있다. 내용 중에는 김창업(金昌業)의 『노가재연행일기』(老稼齋燕行日記), 홍대용(洪大容)의 『연기』(燕記), 박지원(朴趾源)의 『열하일기』(熱河日記)를 종종 인용하고 자신의 의견을 간략히 적고 있다. 『연원직지』는 이른바 연행록의 대표격인 위의 세 연행록을 참고하여 그 장점은 취하되 단점은 보완한 연행록의 모범답안이라 할 수 있다. ⇨ 42, 118, 135, 167

11. 임백연(任百淵, 1802~1866), 『경오유연일록』(鏡浯遊燕日錄), 1836

『경오유연일록』은 임백연이 1836년 동지사의 서장관 종고(鐘皐) 조계승(趙啓昇)의 수행원으로 북경에 다녀와 남긴 일기체 기록이다. 총 148일의 일정을 자세히 수록했고 말미에 연행 노정에서 교유한 중국 인물들의 명단을 따로 첨부했다. 총 20명에 대한 인물 정보로, 성명·자(字)·호(號)·관직(官職)·

거주지(居住地) 등을 일목요연하게 보여 준다. ⇨ 39, 50, 77, 94, 149, 151

12. 조봉하(趙鳳夏, 1817~?)『연계기략』(燕薊紀略), 1842

『연계기략』은 조봉하가 1842년 동지겸사은사의 서장관 신분으로 연행하며 기록한 것이다. 1842년 10월 19일에 출발하여 1843년 3월 29일에 돌아오기까지의 여정이 담겨 있다. 연행 노정 중에 체험한 견문 외에 청나라 풍속에 대한 생생한 기록과 묘사를 겸했다. 풍속 묘사는 동시대 연행록인 박사호의 『연계기정』 및 이해응의 『계산기정』과 상당 부분 흡사하다. 서장관이 담당하는 자문(咨文), 장계(狀啓)까지 함께 수록한 것이 이 연행록의 특징이다. ⇨ 126, 127

13. 심응지(沈應之, 1792~1860), 『운연과안록』(雲煙過眼錄), 1846

『운연과안록』은 심응지가 동지사의 서장관이었던 심희순(沈熙淳)의 반당으로 연행에 참여한 기록이다. 연행 여정 순서대로 직접 견문한 사실과 단상을 총 156칙으로 기록한 잡록 형태의 연행록이다. 일기체도 아니고, 소항목도 없이 짤막하게 칙(則)만 나누어 기술했다는 형식상의 독특성이 있다. 청나라의 아편에 관한 정보, 민간의 동향에 대한 보고가 상세하며 현지 지식인들과의 필담이 잘 묘사되어 있다. 특히 박지원의 『열하일기』를 숙독한 흔적이 역력하다. ⇨ 163, 165

14. 권시형(權時亨, 1811~?), 『석단연기』(石湍燕記), 1850

『석단연기』는 1850년 권시형이 부사 김덕희(金德喜)의 비장(裨將) 자격으로 수행하여 연행한 기록이다. 1850년 11월 24일에 출발하여 1851년 2월 27일에 돌아오기까지의 여정이 담겨 있다. 내용 중에는 숙박처 여주인과의 대화나 춘화(春畵) 구입 등 사소하고 다소 외설적 장면도 거리낌 없이 상세히 묘사하였다. 또한 백화체를 적극적으로 활용하여 기록하는 등 19세기 연행록 글쓰기의 특징적 면모를 파악할 수 있는 귀한 자료이기도 하다. ⇨ 50, 121,

122, 164

15. 서경순(徐慶淳, 1804~?), 『몽경당일사』(夢經堂日史), 1855

『몽경당일사』는 서경순이 1855년 진위겸진향사(陳慰兼進香使) 정사였던 서희순(徐憙淳, 서경순의 삼종형)의 종사관 자격으로 연행한 기록이다. 1855년 10월 4일 한양을 떠나 1856년 1월 22일 의주로 돌아오기까지의 내용을 일기체 형식으로 기술했다. 북경에 체류하며 유람하거나 청나라 지식인들과 교유한 내용을 묘사한 것이 대부분인데, 특히 필담 부분을 생생하게 '대화' 방식으로 재현해 낸 것이 특징이다. 글쓰기 방식이나 연행록의 구성은 박지원의 『열하일기』를 많이 모방했다. ⇨ 53, 177

16. 김직연(金直淵, 1811~1884), 『연사일록』(燕槎日錄), 1858

『연사일록』은 김직연이 1858년 사은겸동지사의 서장관 신분으로 연행하여 그 견문을 기록한 것이다. 10월 27일 한양을 출발, 이듬해인 1859년 3월 20일 귀국해 복명하기까지 여정을 상세하게 기술하였다. 여정에서 견문한 청나라 문물과 제도는 물론, 아편전쟁 직후 급변하는 청나라 정치 현실까지 고스란히 담겨 있어, 명실상부 19세기의 대표적인 연행록이라 할 수 있다. 또한 한문본 『연사일록』과 함께 한글본인 『연힝녹』이 전하고 있어 비교해 감상할 만한 가치가 있다. ⇨ 14, 33, 40, 54, 56, 57, 59, 60, 65, 111, 115, 128, 131, 136, 138, 140, 142, 147, 168, 169, 172, 179, 181

17. 신석우(申錫愚, 1805~1865), 『입연기』(入燕記), 1860

『입연기』는 신석우가 1860년 동지사의 정사로 참여하여 기록한 것이다. 1860년 10월 22일 출발하여 1861년 3월 27일 도착하기까지 여정을 담아 내었다. 북경 체류 중에 신석우는 청나라 학자, 정치가들과 적극적으로 교유하고, 북경사변 직후 긴박한 현지 정세를 예의주시하여 신속하게 보고하기도 하는데 이러한 일련의 내용이 『입연기』에 실려 있다. 기존에 청나라의 풍속과 문화에 치중한 소재에서 급변하는 청나라와 주변국의 정세로 기록의 범위를 확장한 연행 자료이다. ⇨ 174, 180, 182

18. 박제인(朴齊寅, 1818~1884), 『연사록』(燕槎錄), 1860

『연사록』은 박제인이 1860년 성절(聖節)진하겸사은사의 부사로 연행에 참여한 기록이다. 1860년 3월 30일 출발하여 8월 17일 집으로 돌아올 때까지의 여정과 견문한 내용을 일기 형식을 취해 기술했다. 그날의 날씨부터 사신 일행의 이동 경로, 총 이동 거리, 사적 견문과 공적 활동 등에 대해 상세히 기록했다. 『연사록』의 부록은 연행에 참여한 하인배들의 선발 과정, 체제, 역할, 생활상 면면을 상세히 기록하여 연행 전반에 걸친 이들의 활약이 생생하게 재현되어 있어 19세기 '연행의 이면'을 파악하는 데 매우 중요한 가치를 내포한다. ⇨ 79, 81, 170

19. 이항억(李恒億, 1808~미상), 『연행일기』(燕行日記), 1862

『연행일기』는 이항억이 1862년 진하겸사은사행의 정사 이의익(李宜翼)을 자제군관의 자격으로 수행하며 기록한 일기 형식의 연행록이다. 1862년 10월 21일 한양을 출발하여 1863년 4월 4일 집으로 돌아오기까지의 여정이 담겨 있다. 『연행일기』에서 가장 두드러지게 나타나는 문예적 특징으로는 사실적인 묘사를 들 수 있다. 특히 북경에서 만난 인물들을 생생하게 그려 냈다. 19세기 후반, 조선 사신으로서는 경험하기 힘들었던 사진관, 공중목욕탕 등에 대한 기록도 자세해 다시 청나라 문화 단면을 엿볼 수 있게 한다. ⇨ 37, 66, 87, 88, 89

20. 심이택(沈履澤, 1832~?), 『연행록』(燕行錄), 1875

『연행록』은 심이택이 1874년 동지사행의 부사 자격으로 연행한 후 남긴 저술이다. 19세기 후반의 연행기록이라는 점에서 청나라 말기 정치와 사회의 불안한 기운을 감지한 부분이 적지 않다. 특히 연행사에 대한 청나라 조정의 접대가 빈약해진 정황에 근거해 재정 악화를 추측하기도 한다. 또한 청나라 문인 학자들과의 교유도 상세히 기술했다. ⇨ 175

『낭송 19세기 연행록』 속 주요 인물 정보

※아래는 이 책 속에 등장하는 주요 인물들에 대한 간략한 정보들로, 역시 독자들의 이해를 돕고자 풀어 읽은이가 작성한 것입니다. 가나다 순서대로 실었으며, 이름과 생몰년 뒤 화살표(⇨) 다음에 나오는 숫자는 해당 인물이 등장하는 이 책의 쪽수입니다.

김경선(金景善) : 1788~? ⇨ 42, 118, 135, 167

본관은 청풍(淸風), 자는 여행(汝行)이다. 1830년(순조 30) 정시 문과에 병과(丙科)로 급제하였다. 이조참의와 대사성, 전라도 관찰사 등을 지냈으며 1832년과 1850년, 두 차례 연행에 임했다. 연행록 『연원직지』(燕轅直指)를 남겼다. 시호는 정문(貞文)이다.

김선민(金善民) : 1772~1813 ⇨ 62

조선 후기의 문인으로, 본관은 선산(善山), 자는 희천(希天), 호는 목여(穆如)·청풍(淸風)이다. 1800년에 진사시에 합격하였다. 공령문(功令文)에 능하고 그림도 잘 그렸다고 한다. 1804년 연행을 한 후에 『관연록』(觀燕錄)을 남겼다.

김직연(金直淵) : 1811~1884 ⇨ 14, 33, 40, 54, 56, 57, 59, 60, 65, 111, 115, 128, 131, 136, 138, 140, 142, 147, 168, 169, 172, 179, 181

조선 후기의 문신으로 자는 경우(景愚)이고 호는 품산(品山)이다. 1846년 문과 병과에 합격한 이후 사헌부지평·경기도사·사간원정언·사헌부장령·홍문관교리·성균관사성을 역임했다. 저서로는 『연사록』(燕槎錄)과 『품산만필』(品山謾筆)이 있다.

김진수(金進洙): 1797~1865 ⇨ 107, 108, 110

조선 후기 중인 시인이다. 본관은 경주, 자는 치고(稚高)이며, 호는 연파(蓮坡) 혹은 벽로재(碧蘆齋)이다. 1832년 연행하여 북경을 노래한 시집 『연경잡영』(燕京雜詠)을 남겼다. 문집으로는 『벽로집』(碧蘆集)이 있으며 국내 여러 곳을 여행하며 남긴 『호영집』(湖嶺集), 『관해집』(關海集) 등이 전한다.

도광제(道光帝): 1782~1850 ⇨ 49, 171

중국 청나라의 제8대 황제로, 재위 기간은 1820~1850년이다. 재위 기간 동안 기울어 가는 국력을 다잡으려 했지만 큰 성과를 거두지는 못했다. 특히 즉위 후 아편 중독으로 인한 문제 등을 해결하고자 했으나, 결국은 이것이 제1차 아편전쟁으로 이어졌다. 그리고 아편전쟁 후 맺은 난징조약은 중국에 서구 열강이 대대적으로 쇄도해 오는 길을 열어 주게 되었다.

몽염(蒙恬): ?~B.C. 209 ⇨ 41

진(秦)나라의 장군으로, 몽무(蒙武)의 아들이다. 진나라가 제(齊)나라를 멸망시킬 때 큰 공을 세웠고, 흉노 정벌 때도 활약이 컸으며, 만리장성의 축성을 맡아 했다. 또 처음으로 붓을 만들었다고 전해진다.

문천상(文天祥): 1236~1282 ⇨ 44

남송의 마지막 재상. 남송이 멸망하고 원나라 포로가 되었는데, 쿠빌라이칸이 회유하였으나 충신은 두 군주를 섬기지 않는다는 말을 남기며 끝내 불복하고 시시(柴市)에서 사형을 당했다.

박사호(朴思浩): 1784~1854 ⇨ 123, 133

조선 후기 문인. 자는 성부(誠夫), 호는 심전(心田)이며, 본관은 밀양이다. 1806년 별시 초시에 합격, 1841년 이문학관이 되었다. 이후, 영남, 평양 등지의 지방관으로 생을 보내다가 1828년 군관 자격으로 연행에 참여하여 『연계기정』(燕薊紀程)을 남겼다.

박제인(朴齊寅): 1818~1884 ⇨ 79, 81, 170

본관은 반남(潘南)이고 자는 치량(稚亮)이다. 1856년 문과 전시(殿試)에 병과로 급제한 뒤 1858년 병조정랑이 되었다. 1864년 대원군 집권기에도 병조참판·이조참판·한성부판윤·예조판서·형조판서 등 요직을 지냈다. 1860년에 부사 자격으로 연행하고 『연행일기』(燕行日記)를 남겼다.

범칠랑(范七郞): ?~? ⇨ 41

칠랑은 아명(兒名), 이름은 기량(杞梁) 혹은 식(植)이라고도 전한다. 허맹강(許孟姜)의 남편이다. 진나라 때 만리장성 부역에 징발되었다.

서경순(徐慶淳): 1804~? ⇨ 52, 53, 177

자는 공선(公善), 호가 해관생(海觀生)이다. 달성(達城) 서씨 서영보(徐永輔)의 장자로 출생하여 생원시(生員試)에 합격, 한때 고산현감(高山縣監)을 지냈다. 1855년 종사관(從事官) 자격으로 연행한 후 『몽경당일사』를 남겼다.

승격림심(僧格林沁): 1811~1865 ⇨ 170, 171, 172, 178

몽골의 과이심기(科爾沁旗) 사람이다. 1825년 군왕(郡王)을 세습했다. 1853년 참찬대신(參贊大臣)이 되어 기병을 이끌고 태평천국의 북벌군을 방어하고, 1855년 북벌군을 궤멸시켜 친왕에 봉해졌다. 군공으로 작위의 박탈과 회복을 반복하다가 1865년 산동성 조주(曹州) 전투에서 참수되었다.

신석우(申錫愚): 1805~1865 ⇨ 14, 174, 180, 182

조선 후기 문인 학자로, 자는 성여(成如), 성예(成睿), 호는 해장(海藏) 혹은 이당(頤堂), 금천(琴泉), 본관은 평산(平山)이다. 1834년(순조34)에 문과에 급제한 뒤 형조 판서·예조 판서에까지 올랐고, 1860년에 정사로 연행을 다녀와 『입연기』(入燕記)를 남겼다. 이 외, 문집으로 『해장집』(海藏集)이 있다.

심응지(沈應之): 1792~1860 ⇨ 163, 165

자가 명학(鳴鶴), 호는 묵소(默所), 동대노초(東臺老樵)이다. 4대조 한수(漢叟, 1662~1734) 등으로부터 주로 무관직(武官職)에 종사했다. 1846년 서장관 심희순(沈熙淳)의 반당(伴倘)으로 연행에 참여하여 『운연과안록』(雲煙過眼錄)을 남겼다.

이광(李廣): ?~B.C. 119 ⇨ 42, 43

흉노를 대적했던 한(漢)나라의 명장. 이광이 우북평 태수(右北平太守)로 있을 때 사냥을 나갔다가 바위를 호랑이로 착각하고 화살을 쏘았는데 화살이 바위에 그대로 꽂혔다. 영평부(永平府)에서 동쪽으로 6, 7리쯤 되는 곳에 그가 화살을 쏘았다던 사호석(射虎石)이 있다고 전한다.

이영득(李永得): ?~? ⇨ 26, 27, 29, 30, 31, 72, 106, 124, 153, 155, 157

호는 저계(樗谿)이며, 생애에 대해서는 알려진 바 없다. 1822~1823년에 군관 자격으로 연행에 임한 후, 『연행잡록』(燕行雜錄) 16책을 남겼다.

이항억(李恒億):1808~? ⇨ 36, 37, 66, 86, 87, 88, 89

생애에 대해서는 잘 알려진 바가 없다. 순조 연간(1800~1834)에 음직으로 효문참개(孝文參改) 등을 지냈으며 1862년 연행에 임했으며 『연행일기』(燕行日記)를 남겼다.

이헌명(李憲明): 1797~1861 ⇨ 82

본관은 평창(平昌)으로 무반(武班) 출신의 요화재(潦花齋) 이학무(李學懋)의 아들이다. 자는 덕잠(德箴) 또는 덕잠(德潛)이고, 호는 서연(西淵)·위당(韋堂)·서암어인(西巖漁人)이다. 1852년의 식년시 진사과에 급제하여 주서(注書)를 역임했다.

이해응(李海應): 1775~1825 ⇨ 44, 112, 133, 136

조선 후기의 문신. 본관은 한산(韓山). 자는 성서(聖瑞), 호는 동화(東華). 1803년(순조 3)에 서장관 서장보(徐長輔)를 따라 청의 연경에 다녀와서 연행록 『계산기정』(薊山紀程)을 남겼다. 이외에 저서로 『동화유고』(東華遺稿) 3권이 있다.

임백연(任百淵): 1802~1866 ⇨ 39, 50, 77, 94, 149, 151

본관이 풍천(豐川)이고 자는 보경(溥卿)이며 호는 경오(鏡浯)이다. 그는 1844년 증광시(增廣試) 병과(丙科)에 급제하여, 제주판관·동부승지를 역임하고 부호군에 이르렀다. 1836년 동지사의 서장관 조계승(趙啓昇)의 수행원으로 북경에 다녀와 『경오유연일록』 2책을 남겼다.

장건(張騫): ? ~B.C. 114 ⇨ 58

한 무제(漢武帝) 때 서역으로 사신 갔던 인물. 흉노를 친 공으로 박망후(博望侯)에 봉해지고 대하(大夏)에 사신 갔다가 황하(黃河)의 근원을 찾아 뗏목을 타고 은하수까지 이르렀다는 고사가 전한다.

장국량(張國梁): 1823~1860 ⇨ 170

초명은 장가상(張嘉祥)이다. 자는 전신(殿臣)으로 광동(廣東) 사람이다. 태평천국운동을 진압하던 선봉장 중의 한 명이었다.

전횡(田橫): ? ~B.C. 202 ⇨ 145

제(齊)나라 왕 전영(田榮)의 아우로 전영이 항우(項羽)의 공격으로 죽자 전횡은 패잔병들을 모아 항우에 맞서면서 아들 전광(田廣)을 제왕으로 세우고 자신은 승상이 되었다. 한 고조가 천하를 통일하자 전횡은 주살될까 두려워 500명의 무리를 거느리고 해도(海島; 田橫島)로 들어갔다.

조봉하(趙鳳夏): 1817~? ⇨ 145

조선 후기 문신으로 자는 상호(商皓). 본관은 풍양(豊壤)이다. 고조부는 예조판서를 지낸 조환(趙瑍)이고, 조부는 이조판서를 지낸 조득영(趙得永), 부친은 판서 조병현(趙秉鉉)으로 벌열가문 출신이다. 1842년에 서장관 자격으로 연행한 뒤 『연계기략』(燕薊紀略)을 남겼다.

조수삼(趙秀三): 1762~1849 ⇨ 72, 74

조선 후기 중인 시인으로 자는 지원(芝園), 호는 추재(秋齋), 경원(經畹)이다. 승문원 서리를 지냈으며, 조만영과 조인영 등 풍양조씨 가문의 비호를 받았으며 및 추사 김정희와의 교유도 확인된다. 1789년에서 1828년까지 총 여섯 차례 연행 경험이 있다. 저서로 『추재집』(秋齋集) , 『연상소해』(聯床小諧) 등을 남겼다.

증국번(曾國藩): 1811~1872 ⇨ 170

자는 백함(伯涵), 호는 척정(滌正)이다. 태평천국의 난을 진압하고 양무운동에 노력하였다. 유명한 문장가이기도 한데, 동성파 고문의 계보를 이어 방포(方苞)와 요내(姚鼐)를 추숭했다. 저서로는 『증문정공전집』(曾文正公全集) 174권이 있다.

채육영(蔡毓榮): 1633~1699 ⇨ 43

청나라의 대신. 강희 초년에 형부시랑을 지냈다. 1675년 삼번(三藩)의 난 당시에 오삼계 부대를 패퇴시키는 데 공을 세웠으나 이후 오삼계의 손녀를 첩으로 맞았다는 이유로 흑룡강에 유배되었다.

최운태(崔雲泰) : ?~? ⇨ 30, 122

선천 출신의 마두이다. 연행한 횟수는 47차례로 현지 사정에 매우 밝고 한어에도 능통하여 노련한 통역조차 그를 따르지 못했다고 한다. 1798년 서유문(徐有聞)의 『무오연행록』(戊午燕行錄), 1822년 이영득(李永得)의 『연행잡록』(燕行雜錄), 1828년 박사호(朴思浩)의 『연계기정』(燕薊起程) 등에 기록이 보인다.

한유(韓愈) : 768~824 ⇨ 38

당나라의 유명한 문장가. 자는 퇴지(退之), 시호는 문공(文公)으로 창려(昌黎) 사람이다. 중당시기에 유종원과 함께 고문운동을 주창했다. 당송팔대가(唐宋八大家)의 한 사람이다

한필교(韓弼教) : 1807~1878 ⇨ 22, 25, 48, 70, 85, 123, 146, 160, 163

본관은 청주(淸州), 자는 보경(輔卿), 호는 하석(霞石)이다. 1833년(순조 33) 사마시에 합격하였다. 1850년 재령군수(載寧郡守)로 재임 중 황해도 암행어사 신석희(申錫禧)의 탄핵을 받고 유배되었다. 이후 사면되었으나 1868년(고종 5) 신천 군수(信川郡守)로 재임하다가 역시 탄핵을 받고 유배되었다가 사면되었다. 시문집인 『하석유고』(霞石遺稿) 6권이 전한다.

함풍제(咸豊帝) : 1831~1861 ⇨ 50

중국 청나라의 제9대 황제로, 재위 기간은 1850~1861년이다. 재위 직후 태평천국운동이 일어났고, 급기야 1853년 태평천국군이 남경(南京)을 점령하였다. 이런 와중에도 만주인 관료들은 당파싸움 등 이기적 행위에 몰두하자, 증국번(曾國藩) 등의 젊은 한인 관료를 기용하는 등 기울어 가는 국세를 잡

아보려 애썼다. 그러나 톈진조약(天津條約)의 비준 문제로 분쟁이 일어나 영국·프랑스군이 북경(北京)에 침입하자 열하(熱河)의 이궁으로 피난하였고, 다음해 그곳에서 병사했다. 함풍제의 후궁이 서태후다.

허맹강(許孟姜) : ?~? ⇨ 41, 42

민간에 전하는 맹강녀 설화의 주인공. 맹강녀는 제(齊)나라 범기량(范杞梁)의 아내라고 한다. 장성(長城) 쌓는 공사에 부역 나간 남편을 찾아갔는데 남편이 이미 죽었다는 소식을 듣고 성 밑에서 곡을 하다가 망부석(望夫石)이 되었다는 전설이 있다.

혜시(惠施) : B.C. 370?~B.C. 310? ⇨ 149

전국시대 송(宋)나라 사람으로, 위(魏)나라 혜왕(惠王)을 섬겨 재상이 되었다. 당시 강대국이었던 진나라의 위협에 대항하여 제(齊)나라 및 초(楚)나라와 연합하는 합종(合縱: 세로 연합)을 주장했으나, 나중에 연횡(連衡: 가로 연합. 진나라를 섬기고 동맹을 맺어야 한다는 주장)을 주장하는 장의(張儀)에게 쫓겨나 초나라와 송나라로 갔다. 여기에서 장자(莊子)와 가깝게 지냈다.

홍석모(洪錫謨) : 1781~1857 ⇨ 35, 45, 95, 97, 99, 100, 102, 103, 104, 109, 117

조선 후기의 문인·학자. 본관은 풍산(豊山). 호는 도애(陶厓) 혹은 구화재(九華齋). 아버지는 이조판서 홍희준(洪羲俊)이다. 대표 저서로 세시풍속서인 『동국세시기』(東國歲時記)와 연행 체험을 기록한 『유연고』(遊燕稿)가 있다.

홍석주(洪奭周) :1774~1842 ⇨ 20, 123

초명은 호기(鎬基), 자는 성백(成伯), 본관은 풍산(豊山)이다. 호는 연천(淵泉)이다. 1795년 문과에 급제하여 직장·검열 등을 지냈으며 1839년 영중추부사에 이르렀다. 농암(農巖) 김창협과 미호(渼湖) 김원행(金元行)을 이은 노론

낙론계이다. 저서로는 『연천집』(淵泉集)이 있다. 시호는 문간(文簡)이다.

홍의호(洪義浩): 1758~1826 ⇨ 61

자는 양중(養仲), 호는 담녕(澹寧)·담원(澹園)이다. 1784년 급제하여 호조·예조·공조 판서 등을 역임하였다 1803년 사은부사로, 1815년과 1823년에는 동지정사로 청나라에 다녀왔다. 저서로는 『담녕집』(澹寧集)이 있다.